木天蓼鎮的貓日和

マタタビ町は猫びより

田丸雅智
Masatomo Tamaru

黃毓婷 譯

目次 contents

台灣版限定專序 …… 4

Episode-1  貓警察 …… 9

Episode-2  時尚美甲 …… 21

Episode-3  貓咪郵務士 …… 33

Episode-4  戴帽貓 …… 47

Episode-5  師傅的烏龍麵 …… 67

Episode-6  尋貓術 …… 81

Episode-7 鬧鐘貓 93
Episode-8 貓咪電影院 111
Episode-9 鎮上的藝術家 125
Episode-10 追殺蟲蟲大作戰 145
Episode-11 大師 159
Episode-12 仲夏夜的貓 173
Episode-13 貓廣播 187
Episode-14 麻糬貓 197
Episode-15 穿梭裂縫的貓 211

台灣版限定專序

已經平靜地入眠了，卻被如雷鼾聲驚醒。

想慵懶地躺在舒適的沙發上，卻老早就被霸佔了。

這都是真貓真事……我家的貓，兩歲的曼赤肯（男生）。

即使被貓的鼾聲驚醒，我也不禁莞爾。他在沙發上瞅著我，我也雙手一攤認了。

如果換成是人，肯定沒有這種特權吧。

就算說得再怎麼委婉保守，我都溺愛著我家的貓。

話是這麼說，但其實不只我家的貓，就連朋友家的貓、穿梭在大街小巷中的貓，我都愛得無法自拔。只要看到貓，我就想摸他，不自覺地就朝他走去。想當然耳，一感覺到我接近，貓便立刻逃之夭夭。我只能目送貓的身影遠去，任憑單方面的愛如潮水將我淹沒。

本書也滿懷著對貓的自作多情。

不過呢，粉墨登場的可不是普通的貓。

有的貓在頭上戴著警車旋轉燈，四處巡邏；有的貓在合唱比賽上大放異彩；還有的貓在電影院內擔任要職……。

這些奇異的貓，就住在「木天蓼鎮」，也就是這本書的場景所在。這座小鎮，一切事物都以貓咪為主角，而人類只能被任性的貓咪耍得團團轉。

然而，沒有一個人心懷不滿。畢竟他們真正的心願，正是被恣意妄為的貓咪耍嘛。

你也一定會被這座城鎮裡的貓咪玩弄於股掌之間的。願你樂在其中。

或許，甚至有人會想走訪一趟木天蓼鎮喔。

先告訴你們一個祕密吧。

木天蓼鎮是真實存在的。

本書所載皆非虛構，全都是真貓真事。

而重點，木天蓼鎮究竟在哪裡……唉呀，我家的貓在召喚我。怎麼辦才好呢。

好啦，先別管他。

回歸正題，木天蓼鎮就在……好痛！好痛好痛！喂！說過不可以咬人的！好啦，知道了、知道了！陪你玩，陪你玩總行了吧！

……看來，這下子我非得去陪貓玩不可了。木天蓼鎮究竟地處何方，下次有機會再說了，抱歉囉。

那麼，本書謹獻給愛貓的各位貓奴們。

歡迎來到木天蓼鎮！

……於木天蓼鎮的書齋

1 Neko Police

Episode-1

貓警察

Matatabi chou wa Nekobiyori

Neko Police 1

這座木天蓼鎮裡，住著貓警察。

貓警察，指的是維護本鎮治安的貓咪們。他們日復一日在小鎮內四處巡邏，看看有沒有不尋常的跡象。

他們的特徵，就是頭上戴著小一號的警車旋轉燈，就像戴著帽子一樣。

我第一次看見他們，是在我搬來不久之後的某一天。

「昨天我聽到外面很吵……」我跟住在鎮上的朋友說。「想說發生什麼事了，就把頭伸出陽台外去找，然後就看到紅色閃爍的燈光。當下我還以為是巡邏車之類的，但是那個燈光小了一號耶。那到底是什麼呀……」

聽完，他開口說道：

「啊，你說的那是貓警察啦。」

「貓警察？」

「那應該就是貓警察在處理貓咪之間的糾紛吧。」

經他這麼一說，我回想起昨晚的事情。這麼說來，我聽到的好像就是貓咪吵架的聲音。

只是，貓警察是怎麼回事？

我問了那位朋友，他說：

「他們負責維護這座小鎮的治安。」

從此以後，我就特別留心那些融入在普通貓裡、巡邏這座小鎮的貓警察。

後來，我一眼就能分辨出見到的這隻貓是不是貓警察。貓警察的頭上會戴著像警察巡邏車那樣的旋轉燈，很好認。天下太平的時候，旋轉燈是關著的，沒有亮。一旦有任何風吹草動，旋轉燈便會閃爍著紅色的燈光。然後就會聽到這樣的聲音。

喵嗚嗚嗚嗚……。

貓警察會發出高低起伏猶如警報器一般的聲音，急忙趕往事發現場。

他們會在搶地盤的雙方之間居中斡旋。也負責處理盆栽之類的物品損毀、食物遭受竊盜等事件。

貓警察隨時睜大眼睛，滴水不漏地巡視小鎮，致力於維持小鎮的治安。

他們的管轄對象並不侷限於貓咪同類，連

人類也劃歸他們治下。

這麼說來，我也曾經被貓警察教訓過。

那次是我將自行車停在某間店門前，打算進商店街買個東西。突然，就聽到那個聲音。

喵嗚嗚嗚嗚、喵嗚嗚嗚嗚……。

剛開始，我還想說那是什麼聲音。

我驚恐地四處張望，見到紅色燈光亮了起來。

喵嗚嗚嗚嗚、喵嗚嗚嗚嗚……。

只見一隻頭戴旋轉燈的貓走了過來。

是貓警察啊……！

我還正在想到底發生了什麼事，那隻貓卻筆直地衝著我來。然後貓警察停在我腳邊，停止了警報器般的叫聲，用一種凌厲的眼神抬頭瞪著我。

我還搞不清楚狀況，愣在原地。此時，貓警察開口了。

「喵！」

我嚇得不知如何是好，貓警察卻擺出了威嚇的姿勢。接著，貓警察開始使力地用身體磨蹭我的自行車。

後輪、腳踏板、前輪，貓警察來來回回磨蹭了好幾遍。看起來似乎是想表達些什麼意思，但我完全不明白。

就在這個時候。

才剛聽到貓警察大叫一聲，下一秒就飛撲到我的自行車輪胎上。一瞬間，便聽到「咻……」的聲音。原來是貓警察將我的輪胎咬破了一個洞。

「喂！不要啊！」

我的求饒徒勞無功，只見貓警察已經跳到我另一個輪胎上，馬上就又聽到了「咻……」的聲音，眼睜睜看著輪胎洩氣洩得乾淨溜溜。

眨眼之間，我的前輪與後輪相繼報廢，害我當場傻住了。

怎麼會這樣……。

貓警察毫無一絲歉意，只瞥了我一眼便揚長而去。

我立刻就找那位朋友訴苦。

然而，他卻這麼說：

「那就是你的不對啦。」

我滿以為他聽到我這麼倒楣，會給個拍拍，沒想到他卻說這種話。

「是我不對？這話怎麼說？」

我不假思索地反問他，他答道：「誰叫你隨意把自行車停在沒有要去消費的店家門口，不是嗎？」

「是沒錯啦……。」

「那不就是違法停放嗎？」

「違、違法！」

「對啊，是你違法。不然呢？」

「這個嘛，唉呀……。」

經他這麼一說，的確沒錯。

「貓警察負責維護本鎮治安。貓也好人也好，擾亂本地秩序者，貓警察一律嚴懲、絕不寬貸。既然是你違規，那你就把修理自行車的費用當成罰金，乖乖花錢了事吧。」

從此以後，我便隨時提防著貓警察的身影。一見到貓，我就先看貓的頭頂。一認明頭上沒有那個招牌旋轉燈，我就鬆了一口氣。

我也親眼目睹了好幾次貓警察大顯身手的現場。

走在我前面的那個人，隨手亂丟菸蒂。我心想別惹麻煩比較好，便假裝沒看到，然而貓警察卻不像我這樣默不吭聲。貓警察響起了招牌的警報聲、閃爍著紅色旋轉燈，撲向那個亂丟菸蒂的傢伙，狠狠咬了一大口。

還有一次，是貓警察幫一對情侶從中調解。當時那對情侶正在路邊吵得不可開交，貓警察毫不畏懼地靠了上去，用自己的身體磨蹭著那兩人。他們馬上就沒那麼火爆了，別說和好，居然還笑咪咪地一起摸貓呢。

我見過貓警察靜靜地陪伴著醉倒在路邊的人；我見過貓警察叼著某人的錢包尋找失主。

或許我也該多少向貓警察看齊吧……。

貓警察讓我動了這樣的念頭。

就在那陣子，剛好發生了一件事情。

我在路上走著走著，撞見了一個形跡可疑的男人。那男人眼珠子骨碌碌地轉，一舉一動鬼鬼祟祟的。

我有不祥的預感……。

就在那個瞬間，竄出了一道貓的影子，我鬆了一口氣，安撫著自己的胸口。我還以為貓警察來處理了。

然而，我馬上就看到那隻貓的頭上沒有那顆招牌旋轉燈，很遺憾地不得不認清那並非貓警察。

儘管失望，但另一方面我卻受到了使命感的驅使。別總是依賴貓警察，偶爾也該自己出點力，對吧。

我躲進陰影之中，密切注意那個男人。沒過多久，那男人挑中了一間獨棟民宅，翻身一躍跳過了圍牆。

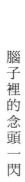

是闖空門！

腦子裡的念頭一閃而過，就在那瞬間。耳朵裡傳入了那熟悉的聲音。

喵嗚嗚嗚嗚嗚……。

我嚇了一大跳，朝聲音來源望過去，方才那隻貓已跳到圍牆上了。不知何時，貓的頭上戴著一頂旋轉燈，正閃爍著紅色的燈光。

原來，是便衣的貓警察！

我才剛醒悟過來，同時便聽到了那個男人的哀號。我慌忙往人家院子裡看去，只見那個男人抱著被貓一陣狠抓的頭，正痛得在地上胡亂打滾。

就這樣，這座小鎮得以維持平靜與安寧。然而自此之後，我的日常生活便起了某種變化。每每在鎮上見到貓，我總是緊張到挺直背脊、渾身僵硬。

如今的我，不自覺地將所見的貓都當成是便衣貓警察了。

2 Oshare na Tsume

Episode-2

時尚美甲

Matatabi chou wa Nekobiyori

2 Oshare na Tsume

最近，隔壁家在屋子前門上裝了個貓門，於是路過他們家時偶爾會遇到小桃。小桃之前都是從他們家屋後的窗戶進出的，所以沒什麼機會碰到。

「小桃，妳今天也很可愛耶。」

只要跟小桃搭話，她就會回：「咪！」儼然聽得懂我說的話，總是讓我不禁融化。

「小桃，妳今天要去哪裡呀？」

「咪！」

「去散步嗎？」

「咪！」

跟小桃妳一言我一語、既像聊天又不是聊天地同行，看著她扭腰擺臀地走在圍牆上……。

如此平靜的日子之中，忽然聽說了一個消息，就是木天蓼商店街開了一間美甲沙龍店。

再怎麼說，這座小鎮所散發著的氣息還是比較偏向老街情懷，現在居然開了那麼都會時尚的店家……。

想是這樣想，不過我剛好也在考慮做個美甲，便實際走訪一遭，見識見識。

那間店落在商店街的外圍。

一打開店門，以潔白為基礎色調打造出乾淨明亮風格的空間豁然展開。儀容整潔的店員上前來迎接，我便告知自己的姓名。

「久候您大駕光臨。這邊請。」

店內擺著幾組桌椅，我隨興挑了其中一組來坐。

「請問您今天想做什麼樣的設計呢？」

「我是要去參加婚禮的，打算要穿粉紅色系的衣服。所以想說指甲這部分，也以柔美的粉紅色系來做搭配是不是比較好……。」

店員聆聽完我的需求後，拿出了色卡。

「依照您的要求，向您推薦這邊這種顏色，您覺得如何呢？」

那套色卡從粉嫩櫻花到鮮豔桃紅一應俱全，而店員指著其中的鮭魚粉。那正是我預想中的色調，於是我便請店員為我做鮭魚粉美甲。

店員為我保養完指甲，準備要為我一片一片地做美甲。就在此時，我聽到了「歡迎光臨」、「這邊請」的招呼聲。從椅子的聲音聽來，想必是店家引領著新來的客人坐到我旁邊的座位去。

我不經意地偷瞄了一眼。

不瞄還好，這一瞄可不得了。

我真懷疑自己的眼睛。同時驚疑地發出了「咦」的一聲。

坐在那張椅子上的不是別人……正是隔壁家的小桃。

「咦，小桃怎麼會在這裡！」

小桃就像人類一樣，高雅端莊地坐著。然後面向手足無措的我，以一聲「咪！」作為問候。

「原來您兩位認識呀？」店員淡定地問道。

「為什麼小桃會在這種地方出現呀！」我反問。

「那位淑女常來我們這邊哦。」

「常來！」

「是呀，自從開張以來，她便常光臨本店。」

我的腦袋無法消化，驚訝地說不出話來。就在我磨磨蹭蹭的這當兒，小桃已經在挑顏色了。只見小桃輕柔地抬起了手，動作彷彿已經選好了似的。負責接待的店員回應：「好的，請稍候。」

小桃將雙手輕輕擱置在桌上，讓店員檢查她的指甲。我雖然沒有養過貓，但多少曾聽說過貓不喜歡剪指甲。眼前的小桃卻絲毫沒有厭惡的樣子，乖巧安靜地坐著不動。

我終於按捺不住，開口詢問：「請問……小桃也是來做美甲的嗎？」

店員笑著點頭說：「是呀。」

「貓居然也會做美甲啊……？」

店員又點了一次頭，說道：「看樣子，這位客人您有所不知呀。最近的貓咪呀，相當注重儀容與美觀呢。」

「居然有這種事……？」

她繼續為我的指甲上色，一邊說著：「尤其是較常外出的貓咪，很多都有在指甲上花心思哦。我們這邊也有很多貓客人。」

她接著說了出乎我意料的現況。

近年來的貓咪，即使自己不狩獵也能獲得人類的餵養，不費吹灰之力就有得吃了。更別說是有人家養的家貓了。因此，用上指甲的機會便驟然減少，也讓貓指甲原有的強大功能顯得無用武之地。

「就像人，平常有用到指甲的話，就比較難做美甲嘛。」

反過來說，平常用不到指甲的人，才比較會花心思在美甲上……。

同理可證，這年頭的貓咪才會開始有美甲的需求。

「不過，」我問道，「我記得，貓咪平常是將指甲藏在手裡面的，對吧？都藏起來了，還要特地做美甲嗎……？」

「就是因為平常是藏起來的才要做美甲呀。人家說，美麗是由內而外綻放開來的，對吧？」

原來如此，我被說服了。

我再度望向小桃那邊。小桃的一隻手已經完成指甲保養，正要開始上色。另一隻手則伸進ＵＶ光療機，讓剛上色好的指甲快速乾燥。

我真是佩服得五體投地。小桃她對時尚美麗如此用心，我想我有些地方也該好好向她學習才行。

也許是因為貓指甲比人指甲還小的原因吧，我的美甲還沒結束，小桃的美甲已經完成了。

「很適合妳哦。」店員如此稱讚小桃的美甲，讓小桃心花怒放。

我從旁想偷偷看看小桃的美甲，被小桃發現了。她大方地亮出自己的美甲，全都染上了今年秋季流行的酒紅色。

「好漂亮喔……！」

「咪！」

我怔怔望著做完美甲、優雅離去的小桃背影。

過沒多久，我的美甲也完成了。我心裡想，等朋友的婚禮過後，我也來做個酒紅色美甲好了。

自此之後，每當我在鎮上見到貓咪，總是會不自覺地注意貓的指甲。幾乎每隻貓都藏著自己的指甲。但只要靠近貓、仔細觀察，就能窺見一斑。其實還真有不少貓在做美甲的呢。

有些貓做了水鑽美甲，一整個亮晶晶的。有些貓的美甲則利用亮片做出閃亮亮的效果。還有些貓更加浮誇，在指甲上黏些花朵、緞帶等等飾物。浮誇路線的貓不會將指甲藏起來，而是鋒芒畢露地走在街上。

我和小桃還是一樣，時常在路上遇到。每每見到她的指甲，總是會發現美甲的顏色又換了，不得不欽佩小桃真是完美得無懈可擊。

再這樣漫不經心地，說不定我就會跟不上流行了……。

某天早晨，我經過隔壁家的前門，碰巧遇到小桃正鑽過貓門的那瞬間。我不經思考地再度定睛一看，精準對焦到小桃的臉龐上。我想我明白了，在貓咪的世界中，時尚也不斷地在進化。

這陣子沒見到她，今天這才發現小桃的雙眸看起來跟以前不一樣了。

「咪！」

小桃喵了一聲，邁開步伐往鎮上走去。

她黏著捲翹的假睫

毛，水汪汪的大眼份外惹人憐愛。

3 Neko no Kyokuin

Episode-3

貓咪郵務士

Matatabi chou wa Nekobiyori

3 Neko no Kyokuin

一時興起想寄張明信片給曾有恩於我的人，便拿起了筆。

明信片這檔事，搞不好從小學以後就沒再寄過了。如今要寫，還得上網查詢明信片寫法呢。

生怕寫壞這張明信片，戰戰兢兢地總算寫完它，這才發現自己忘了買郵票。

雖說去超商買個郵票貼好後投進郵筒即可了事，不過難得在平常日休假，便決定走去鎮上的郵局寄這張明信片，順便兼散步。再說，我這輩子還從沒去過郵局呢。

從我家走個幾分鐘，就到了木天蓼商店街。

儘管是平常日，商店街依然充滿活力，拱形遮雨棚下方有許多人、許多貓在走動。

我放慢腳步，細細欣賞這幅光景，就這樣直到看見了紅色郵筒。

融入在各家商店之間的那棟小巧建築……這就是木天蓼郵局的標誌。

我通過自動門，進入郵局。

郵局設有兩個窗口，但卻都沒有一個人在排隊。我走向其中一個窗口。

「歡迎光臨。」穿著制服的女性郵務士出聲招呼我。「請問是要寄東西嗎？」

我點點頭，遞出那張明信片。「麻煩妳了。」

「好的，請稍候哦。」她說著，並為我貼上郵票。

就在這個時候，我注意到了一件事情。

窗口裡的桌上，有一隻貓正蜷縮著睡覺。而且那隻貓，不知為何居然還穿著很像郵務士制服的衣服。

既然沒有其他客人，我也便不顧慮太多，半開玩笑地問她：「那隻貓好可愛喔。是特別幫貓裝扮的嗎？」

她回過頭去往後看了看，說：「啊，你說的是元村先生呀。」

「元村先生？」

「嗯，那不是我們特別為貓裝扮的喔。他是這邊的資深郵務士，是自願穿上這身制服的。」

「是喔？」我懷疑自己聽錯了。「這麼說來……他在這裡做很久了嗎？」

「對呀。不過他現在在休息。」

「話說回來，他在這裡的工作是在做……」

貓，能勝任郵局的業務嗎？

我毫不修飾地提出這點質疑，女性郵務士回以：「當然有能做的呀。應該說，據傳元村先生從年輕時起，就是在工作上孜孜不怠的貓呢。」

她接著說的事情，是從她上司那邊聽來的。

「聽說元村先生他啊，從整天拜託客人開戶的新人時期開始，就有非常亮眼的表現。他所達成的單月最高簽約數，在本區內至今無人能打破他的紀錄呢。」

「紀錄！」我驚呼一聲。

她接著說：「嚇一大跳對吧。我就想你一定會嚇到的。

聽說當年有位同事也感到非常驚訝，便找個機會偷偷跟蹤元村先生。結果，那位同事看到元村先生造訪的，不是人家的家門口，居然是人家的院子。光看到這步，就已經算不上一般的推銷的吧。再加上，元村先生似乎都挑愛貓人家做重點拜訪。好像是他會在拜訪前先仔細調查過。

元村先生他厲害的還不只如此。起初，他會先將簽約的事情擱在一邊，只是討點吃的、討個摸摸就走了。等到人家卸下心防，這才提出簽約的相關文件。這也難怪，簽約成功率自然就會提高了嘛。

當然啦，同事之中總是會有人嫉妒元村先生的成績，說他很奸詐。不過，以自己摸索出來的套路去接觸客戶，等熟稔之後再進一步提升自己的業績，這不是業務的基本嗎？因此那些嫉妒的聲音，便在旁人的冷眼看待之下，自己慢慢平息了。」

我完全聽入迷了。

她甚至還說了這些給我聽。

發生了這些事情之後，元村先生依然熱衷於工作。有時候，他揹著郵袋去投遞；有時候，他四處收取郵筒裡的信件。縱使他一次能負擔的量就是比人類少，但他憑著與生俱來的聰明才智，讓別人都見識到他如何勤能補拙。

元村先生在工作上這麼認真勤奮，但也有愛玩的一面。女性郵務士泛起笑容回憶：「你也知道，他工作上表現出色嘛，所以他很有異性緣。」

聽說同事常在下班後、例假日等非上班時間時，看到他跟雌貓追逐玩耍。

「真可以說是花花公子呢。有好一陣子，每到黃昏時分，都會有好多貓咪來等元村先生下班，真是蔚為盛況。」

「簡直就像個偶像耶……他也太完美了吧。」

我不禁讚嘆。眼前的這隻貓，居然有過那樣的年少輕狂……。

然而，她卻搖了搖頭。

「這倒不，他不盡完美的地方，反而更惹人愛。」她微笑著說。「元村先生有些地方真是少根筋。他會專注追著飛來飛去的蟲子踢倒花瓶，或是對翩翩飛舞的紙張激動起來便撞倒了整疊文件。但就是這些地方才像貓，才因此深得大家的疼愛嘛。」

她這番話，讓我恍然大悟。

難怪他這麼受歡迎……。

我忽然想到，便問她：「對了，元村先生現在負責什麼工作呢？」

「他現在負責蓋郵戳。」

「郵戳？」

「是的。」她點點頭說。「其實幾年前，元村先生年紀到了，便辦退休了。現在是特別委請他來負責蓋郵戳。不過，畢竟是元村先生嘛，他蓋的可不是一般的郵戳，而是只有他才能辦到的精美郵戳哦。」

該不會……我這麼想著，開口問道：「這麼說，這張明信片，也會由元村先生蓋郵戳囉？」

「沒錯。畢竟機會難得，要不要看看他怎麼蓋的呢？」

我表示願意，她便轉向後去：「元村先生？可以請你蓋郵戳嗎？」

元村先生原本還在沉睡，經她輕喚後眼睛睜開了一條縫。他看到有我這一位客人，便起來伸個懶腰，發出「喵嗚」的聲音。

「看來他會幫你蓋呢。」

元村先生從桌子上跳下來，朝我踱步而來。然後輕巧地躍上窗口，手邊不曉得在搓個什麼勁兒。

接著，女性郵務士將我的明信片放到元村先生面前。元村先生右手伸向旁邊的紅色印泥，緊緊地按上去。

下一秒，他將右手押在明信片上。當他離手後，郵票便被蓋上了肉球狀的郵戳。

「這就是我們這邊的郵戳。」

「嘩……。」

仔細一看，肉球中間的空隙……也就是貓爪與貓掌之間的空隙，一清二楚地寫著「木天蓼郵局」以及日期、時間等。

我還在納悶他是怎麼印上那些文字的，元村先生便「喵」了一聲，翻開他的右手給我看。原來，他的右手夾著橡皮章，上頭刻著左右相反的文字。

這下我總算懂了，元村先生剛剛就是在夾橡皮章啊。

「聽說元村先生的郵戳能夠招來幸運，在年輕人之間很受歡迎哦。」她說。「在社群媒體上，還瘋傳著某位收到貓掌郵戳明信片的人發生了什麼好事呢。如今則是有很多人來這裡寄發婚宴請帖或參加抽獎的明信片。甚至還有人特地將黏貼好郵票的明信片，以信封寄來木天蓼郵局，為的只是想要貓掌郵戳呢。」

「哇……。」

沒想到這邊竟藏著一隻這麼有趣的貓。元村先生中斷自己的休息時間，爽快地為我蓋上郵戳，讓我不禁升起了一股感謝的心情。

「元村先生，真的很謝謝你幫我蓋了這麼精美的郵戳！」

元村先生用一種欣慰的表情，「喵喵」。然後轉身回到後方的桌子上，再度蜷縮成一團。

真希望自己寄出的明信片，也能為對方招來幸運啊……。

心懷這樣的想望，我對女性郵務士道謝之後，便離開了郵局。

幾天後，我順道走到郵局附近，發現了一個東西，讓我停下了腳步。

當時，我正經過一處工地。

我發現水泥地面上，印著貓的腳印。

唉呀，真是的。水泥還沒凝固，就有貓咪走過了呀……。

那貓腳印，讓我感到有某些不對勁，便定睛看個仔細。我終於知道是什麼讓我覺得不對勁了，同時又讓我不禁嘴角上揚。

腦海中響起了那位女性郵務士所說的話。

……元村先生有些地方真是少根筋。

那貓腳印，肯定是元村先生的。

他一定是夾著橡皮章就外出了。

水泥地面上，還依稀辨認得出「木天蓼郵局」的郵戳字樣。

4
Kaburu

Episode-4

戴帽貓

Matatabi chou wa Nekobiyori

4
Kaburu

我們女生先相約集合，再一起過去聯誼地點。見到某位久違了的朋友，我不由得倒抽一口氣。

「等等，由美，妳是怎麼了？」

之所以會這麼說，是因為她的打扮發生了一百八十度的轉變。

由美是公認的華麗型女生，連她自己也承認。不管是聯誼還是什麼場合，她的服裝都穿得花枝招展、妝容都化得濃妝豔抹，那才是我們認識的由美。

然而今天的由美卻穿著柔美的連身洋裝，妝容也走自然風。髮型不再是造型捲髮，而是清秀的直髮。現在與過往的反差實在太大，讓我噗哧一聲笑了出來。

除了我以外的女生們似乎也是相同的想法，爭相發表意見。

「妳發生什麼事了嗎？」

「轉型了嗎？」

「該不會，是要迎合男生的喜好？」

面對這些半調侃半揶揄的問題，由美回答：「就……說來話長啦……。」

由美這樣的反應也不像我所認識的她。

由美的個性，說好聽點是直爽，說難聽點就是神經大條。這樣的她，居然會有如此內斂低調的反應，這我還真沒看過。我開始擔心起來。

「說真的，妳怎麼了？難道是有什麼地方不舒服……？」

「也沒有……。」由美微微搖頭，說：「我沒事的……。」

纖細的聲音，簡直就像上流人家大小姐那樣既細膩又高雅。

「是喔，那就好……。」總感覺氣氛有點凝重，我便提議：「那，我們走吧……。」

大家也都同意，於是我們動身前往那間約好的餐廳。

在聯誼上，由美一直是這個樣子。

「由美，妳休假的時候都在做些什麼呢？」男生問。

「就……看看書、看看電影……。」

「跟外表一樣，是居家女孩呢。」

我在旁邊聽到這段對話，心裡一陣猛烈吐槽。

不不不不！妳的興趣是去精品店window shopping吧！

但我當下也不戳破。

「由美，妳學生時代都在做什麼呢？」

「學一些茶道……。」

「哇，那，妳會沏茶囉？」

「只是興趣程度而已……。」

妳居然還面不改色地撒這種瞞天大謊！

由美以前才不是茶道社的，她是網球社的。而且還不是會去參加比賽的那種認真性質，是那種大家吃吃喝喝吵吵鬧鬧就了事的玩玩性質。

再扯下去就怕會露餡啊。我心裡開始為由美捏一把冷汗。

但男生們絲毫沒有察覺，由美說什麼他們都信。甚至，今天在座最乾淨又最文靜的優質男生，似乎相當中意由美，聯誼中間還兩個人聊得相當起勁。

「由美小姐，妳真是一位非常美好的女性。」

他與由美的對話，我都聽得到。

「沒有，你過獎了……。」

「既內斂，又有內涵。」

「沒這回事⋯⋯。」

我差點就要發出作嘔的聲音了，好不容易才將它吞回去。

另一方面，我也在想。

這也演得太超過了。到底是發生了什麼事⋯⋯？

我滿腦子在想由美的巨大轉變，導致自己在跟別人聊些什麼都不知道了。

聯誼散會後，我靠近由美。

「欸，由美，我有話想問妳。」

我也不管由美是否同意，半拖半強迫地拉住她的手腕。

「妳家離這不遠吧？我可以去坐一下吧？」

「嗯⋯⋯。」

「妳到底要裝模作樣到什麼時候啊？」

我拍著推她的後背，押著她搭上計程車去她家。

一進入她獨居的住家，我便擅自坐上她的床鋪，劈頭就問：「好了，到底發生什麼事情，給我老實說喔。」

「就……。」

「夠了喔！不要在那邊吞吞吐吐的！」

然後，由美突然做了一個詭異的動作，讓我覺得莫名其妙。她雙手高舉過頭，似乎抓住了什麼東西一樣。

她到底在做什麼呀……？

這個念頭才一閃而逝，我就開始懷疑自己的眼睛了。

由美舉在頭上的雙手之間，出現了某個東西。

「嗄！貓？」

不知什麼時候開始，由美已經抱著一隻貓了。

「咦、咦？妳什麼時候抱著的？怎麼回事啊？」

其實我吐出來的話，沒有任何意義，因為我已陷入混亂。

「呼……，終於可以解放自我了……。」由美的語氣又一百八十度轉變回來原本的樣子。

這轉變實在過於劇烈，讓我一直反應不過來。

「欸，裝淑女這回事也太累人了吧！」

直至此刻，我才回過神來。由美的口氣變了，這種口氣、這種感覺，這才是我熟悉的那個由美。

由美在傻眼的我面前，將貓放到房間地上。貓咪自行登上房間一隅的跳台，找到一個居高臨下、能俯瞰整個房間的位置。

「抱歉啦，讓妳嚇了一大跳。」由美對著說不出話的我說。「哈哈，我就揭曉謎底吧。就跟妳看到的一樣，我一直都戴著這隻小鑽啦！」

「小鑽……？」

「啊，就是這隻貓啦。」由美指向跳台上的貓，說：「最近才開始養的啦，是一種叫做戴帽貓的品種。就是，妳有聽過玳瑁貓吧？這隻貓就真的是可以戴在頭上當帽子的貓哦。」

「完全聽不懂妳在說什麼……。」

「啊哈哈，我現在就說清楚講明白～。」

由美嘿嘿嘿地笑著，將來龍去脈講給我聽。

由美想說差不多該認真找個男友交往了。有了這樣的想法後，某天聽說朋友有交往對象了，便去找那位朋友聊聊。

「我那個朋友，是那種根本交不到男朋友的類型，所以我真的不敢置信。她個性那麼差。」

欸，妳哪有資格講別人啊。雖然心裡這麼想，但我還是催著由美繼續講下去。

「然後啊，她就告訴我戴帽貓的事情了。」

戴帽貓是一種神奇的貓，會讓戴上的人產生某種變化。戴著的時候，人的個性會變得文靜、內斂。而且只要將貓戴到頭上，貓就不會亂動，還會融入周圍景物之中，旁人都看不到。

「該怎麼說咧，這超棒的。我是本來就喜歡貓啦，但我還真不知道有戴帽貓耶。所以我就跟她說我也想要一隻。然後她就跟我說，木天蓼鎮上的繁殖場有這種貓。」

「拜託妳別用那種奇怪的方言啦。」

「好啦，反正就這樣，我就開始養小鑽了。今天還是第一次上場呢。怎樣？表現還不賴吧？」

我不知道該怎麼回應才好，只勉強擠出一句話：「那就沒有錯了啊，妳今天全都是演的是吧？」

「妳把我說得真難聽耶。」由美發出不平之鳴。「那也是一部分真實的我啊……。」

「嗄？」

「沒有啦沒有啦，妳別生氣嘛。妳這樣就不可愛囉……。」

「要妳管！」

「啊！」由美突然驚呼一聲，「對了！」

「什麼啦。」

「妳也養一隻戴帽貓就好了呀。」由美繼續說下去：「妳今天也看到我的表現了吧？養一隻戴帽貓，輕輕鬆鬆就能變得很有女人味了唷？我可是很建議妳養一隻的耶。」

「我可是反對抱持著不單純的意圖去養寵物的啦。」

「才不是不單純呢。」

由美一臉的不服氣。她站了起來，手伸向跳台，溫柔地環抱著貓。

「我可是有好好疼愛的哦。她在家裡的時候，跟普通的貓又沒兩樣。對不對呀，小鑽。妳好乖好乖好乖。」

「不過，妳就是想靠這來交男友的吧？遲早會露餡的不是？」

我才剛說完，由美就將貓戴到頭上。

那隻貓立即融入周圍的景物之中，我再也看不見貓的形影。

由美低垂著眼眸，柔弱地回我：「妳說露餡，是指什麼呢……？」

「給我把貓放下來啦！」

由美將貓放下來，貓便立即回到房間的角落。

「可是啊，妳那樣說，那我也不知道未來會怎麼樣啊？重要的是現在當下吧。還有愛，愛與和平吧。」

「哼嗯。」

我依然想，靠這種手段得手的緣分，怎麼可能長長久久。再怎麼渴望有男友，這樣下去反而是欲速則不達吧。

但我想，算了。

別人愛怎麼過日子，關我什麼事……。

「由美都這樣說了，妳愛怎麼做就怎麼做吧。」

「我一開始不就是愛怎麼做就怎麼做了嗎。對不對呀，小鑽。」由美撫摸著翻滾撒嬌的貓。

我冷眼旁觀這一幕，自己搭上末班車回家了。

又過了一陣子，某天我在鎮上巧遇由美，便一起去喝個下午茶。

才剛入座，由美就說：「欸，我跟妳說、我跟妳說。」

「什麼事？」

「我啊，交到男朋友了……。」

「哇！真的假的！誰？是怎樣的人？什麼時候在哪認識的？」

「妳看妳看，妳看這個。」

我看了一眼她給我看的手機螢幕，便大吃一驚：「啊！他？他不就是……」

「沒錯，就之前那個。」

照片裡映著一對黏答答的情侶身影。一個是由美，另一個就是那個聯誼上的優質男生。

「咦，妳跟那個人在交往了喔？」

「對呀。聯誼後他有聯絡我，聊著聊著，就對他很有好感。」

總覺得自己輸了，心底浮現出不甘心的情緒。

然而，更吸引我注意的是，照片中由美的樣子。

「欸，由美？」

「嗯？」

「妳這張照片。太做自己了吧。」

「我本來就都在做自己啊。」

「不是啦。」我稍微低下頭去，指著照片：「這副德行，不就是平常的妳嗎？」

照片中的由美，與聯誼時的柔美判若兩人。完全就是平常那個華麗的由美。

「關鍵的那隻貓怎麼了？」

「小鑽？她過得很好呀。」

「哎喲，不是啦。妳這張，不是沒戴著貓嗎？那不就是說，妳拍照的時候沒在演嗎？妳沒在演，那妳怎麼會跟男朋友進展順利？太奇怪了吧。」

「啊，妳在說這個呀。」由美一副沒什麼大不了的樣子，說：「因為我們已經不用再戴著貓了呀。我男友也是神經大條又愛聊天，我們就很合得來。」

「神經大條？愛聊天？妳是說那個乾淨又文靜的優質男生？」

她這形容，與我在聯誼上對他的印象大相逕庭，讓我十分困惑。

「妳也這麼覺得吧？我跟妳說，交往後才知道完全不是那樣的。不過，我是覺得結果好就都好啦。」

「可是，他在聯誼時那麼……。」

我還在呢喃著心中的糾結，由美已經笑嘻嘻地解釋：「那個啊，也是有原因的啦。真是笑死我了，沒想到有這種巧合耶。」

「這話怎麼說？」

「其實啊，他也跟我一樣養了一隻戴帽貓啦。那一天他同樣也戴著貓去聯誼的。」

あら
奇遇ですにゃー
Love
&
Peace

5 Taisho no Udon

Episode-5

師傅的烏龍麵

Matatabi chou wa Nekobiyori

5 Taisho no Udon

愛吃麵的一位朋友，問我要不要去吃好吃的烏龍麵。聽說是木天蓼鎮上頗獲好評的烏龍麵店。

「那間烏龍麵店很受歡迎，所以我想會排很多人啦，可以嗎？」

就這樣，我隔天便與朋友一起去木天蓼鎮。

一路轉乘電車，才剛下木天蓼鎮，我就注意到一件事情。

就是鎮上有好多貓。

愛貓的我不斷有一股衝動想去找貓，但還是乖乖跟著朋友走。

我們的目的地，店門口就掛著「烏龍麵」的門簾。儘管尚未到營業時間，店門口已經大排長龍了。

「好多人喔……」

「不久前這間店只有內行人才知道，但因為有個在麵食同好者之間很出名的部落格來介紹過，就變這樣了。」

他說的那個部落格，我也稍微看過。朋友跟我講了這間店之後，上網一查就查到了。

那篇部落格文章對這家烏龍麵讚不絕口。而且還特別寫著：

……師傅可愛到不行！

到底是怎麼樣個可愛法，那篇文章裡沒有更進一步的說明，也沒有照片。我猜想大概是什麼美女店長之類的吧，便關掉了那個網頁。

隊伍慢慢地前進。

排隊的時候，我就望著路上的貓發呆。其中有些貓很奇怪，頭上戴著旋轉燈，讓我覺得這真是奇異的小鎮。

大概過了一個小時，終於進到店內了。

店員引領著我們到一個兩人座的座位。展開菜單，便看到琳瑯滿目的品名與照片，一時之間還真不知道點哪個好。

「有推薦的嗎？」

經我一問，朋友便說道：「我想想……你是第一次來這邊，那就點能品嘗到烏龍麵本身味道的釜揚或竹篩吧？」

於是我點了釜揚烏龍麵，朋友則點天婦羅竹篩烏龍麵。

趁著等烏龍麵端來的空檔，我環視店內一圈。

越過吧檯座位便能看見廚房，裡頭的店員們或濾掉麵上的水，或盛裝至器皿裡，好不忙碌。

其中有位體格健壯的大叔，看上去散發著掌握整間店的氣場。這個人該不會就是這間店的師傅了吧，但怎麼想也跟「可愛」搭不上邊，應該是那篇部落格文章認錯人了吧。不過，最近就連中年大叔也會有人說可愛耶……。

就在我不著邊際胡思亂想的時候。

整間店突然嘈雜了起來，我左右看看發生了什麼事。

「怎麼了啊……？」

朋友這時候興奮地說：「唉呀，我們運氣可真好，剛好碰到師傅的那個要開始了！」

「那個？」

「話不多說，你仔細看好了。」

話音甫落，客人便一擁而上，全擠到吧檯那邊去。貌似是要去看廚房內的樣子。我也被朋友催著過去，只好滿頭霧水地跟著站起來靠過去看。

我擠在人群之間，藉著那一點點的縫隙窺看廚房內的動靜。突然之間，有個東西靈巧地跳到流理台上的一塊板子，讓我不禁失聲驚呼：

「貓！」

那隻貓光明正大地將四隻腳踩在板子上……而且毫無疑問地是一隻三花貓，頭上還綁著深藍色的頭巾。

「欸欸，給我等等，這樣行嗎？」

我才在詫異怎麼會有貓闖進廚房，就被朋友戳了一下。

「喂！這樣對師傅太沒禮貌了啦！」朋友在我耳邊指責我。

「師傅？師傅不是那邊那位大叔嗎？」

「你搞錯了，師傅是這邊這位。」朋友指著貓說。接著他指向了大叔，說：「那邊那位是店員。」

「這是怎麼回事……？」我糊塗了。「你是說……這間店的師傅，是一隻貓？」

「正是如此。」

「嗄？那不就像那種，貓站長之類的……？」

朋友搖了搖頭否定：「才不，那跟這差得遠了。」

然後他「噓」，示意我：「快看，要開始了。」

視線轉回廚房，只見大叔店員正將一塊白色物體放到貓師傅所踩著的板子上，我猜那應該是烏龍麵糰。

店員在烏龍麵糰上鋪了一層保鮮膜。

接著發生的事情實在太過驚奇，讓我懷疑起自己的眼睛。居然有這種事，那隻貓跳上了麵糰，雙手開始在麵糰上踏踏起來。

「你現在可是親眼看到師傅在揉麵糰耶。」

朋友接著悄聲講述。

這間店的烏龍麵，全都是由師傅親自踏踏揉製而成的。烏龍麵的製程中，有一道工序為踏踏麵糰，其中力道的掌握及踩踏的次數，在在影響著成品的品質。而這間店便是靠著貓師傅多年來磨練的功力，不過多亦不過少精準到位的踏踏，才生產出最引以為傲的烏龍麵。

「你可別拍攝喔，不然會打擾到師傅的。」

我點頭示意，靜靜地望著師傅認真踏踏。

師傅無一遺漏地踩踏、延展那塊烏龍麵糰後，再由在旁等待的店員收整麵糰，繼續踏踏。

如此反覆數回後，師傅「喵」了一聲，便停止了。他跳下流理台，宣告完工。

在眾饕客的鼓掌之下，師傅走進店家深處，消失在眾人眼前。

「哇，我真沒想到有

幸得見耶。」回到座位後，朋友如此感嘆。「我來了好多次，也只看過幾次而已呢。」

「剛剛那塊麵糰，就是我們等等會吃到的烏龍麵嗎？」

「沒，那塊麵糰還要再放著讓它睡一下。我們要吃的是師傅已經先做好的。」

聊著聊著，店員端來了兩道烏龍麵，說聲：「讓您久等了。」晶瑩剔透的烏龍麵，我簌簌簌地三兩下就吸起來了。

「好好吃！」

「是不是？」

麵體有著恰到好處的彈牙，隨著咀嚼讓麵粉香氣四溢，堪稱絕品。再加上烏龍麵湯汁，更是相映成輝。

「就是說啊。誰叫這湯汁，可是用了大量師傅精挑細選的魚乾來熬煮呢。」

聊著聊著之間，我發現師傅又回到了廚房坐鎮。他從層架居高臨下俯瞰整間店面，時不時地「喵」一下。看來是在盯緊店員做好添水、送熱毛巾等基本服務。

一般來說，師傅在盯著店員時，整個場面會劍拔弩張地渲染著緊張。但這裡卻絲毫沒有那種緊張氛圍，全都要歸功於師傅是隻貓，反倒讓這一幕令人會心一笑，自然使店裡的氣氛和睦融洽。

碗底朝天後，朋友說：「我們出去吧，外面還有人在等著用餐。」

結完帳，朋友朝著師傅道謝：「多謝招待！」

我也隨之表示敬意：「烏龍麵很美味！」

師傅滿心歡喜地「喵！」

幾天後，我實在無法忘懷那美味的烏龍麵，於是便獨自前往解饞。

奇怪的是，儘管正值午餐時間，卻沒什麼人排隊。

該不會是今天公休吧……我如此想著，往店內一看，裡面坐著幾組客人。但迎上前來招呼的店員卻滿臉歉意地說：「這位客人，實在不好意思，今天我們沒賣烏龍麵……。」

「沒賣？」

「是的……。若您還是堅持來店消費，那我們能為您提供的只有員工餐貓飯了。貓飯用的是師傅嚴選的柴魚片，味道這部分還是會掛保證的……。」

我開始擔心師傅怎麼了。「該不會，師傅他發生什麼不測了吧？」

「這倒不是，不是那方面的……。老實說，是我們烏龍麵賣完了，但師傅他踩到累了，心情很差，就不踏踏麵糰了。」

店員指著廚房內，示意我自己看。

師傅就躺在流理台的擀麵板上發懶。

「我們也想讓師傅快點心情好轉，還為他按摩，但他還是動也不肯動……。」

大叔店員正輕柔地按摩著師傅。他雙手交互揉壓，彷彿是他正在踩踏一塊麵糰似的。

6 Nekosing

Episode-6

尋貓術

Matatabi chou wa Nekobiyori

6 Nekosing

我家的小咪，離家已經整整一個星期了。

縱使丈夫不斷地給我安慰、給我鼓勵，但我仍然每天都失魂落魄。小咪是我重要的家人之一，所以這整個星期以來，一想到小咪便夜不能眠。就連白天時間，只要一看到客廳裡滾來滾去的銀色球球，我便會感到一陣心痛。

十日圓硬幣大小的銀色球球，是我們用鋁箔捏成的，也是小咪最喜歡的玩具。只要滾動銀色球球，小咪就會自己玩起來，一下子又踢又追、一下子衝刺飛撲的。

但小咪常常玩著玩著，就把銀色球球弄不見了。我跟丈夫每次都要全家找過一遍，但也都找不到，無奈之下只好再捏一個銀色球球給小咪玩。

如今那顆銀色球球成了無主之物，在屋子一角孤零零地滾著。

要是我當時沒有開著窗戶就好了……。

我心裡懊悔了不知幾百次。

萬一小咪有個三長兩短，那該怎麼辦……。

我與丈夫一起印製尋貓啟事，請附近鄰居幫忙張貼，也上傳到社群媒體以尋求廣大網友協助。然而，依然沒有任何線索，心情的低落從沒好過。

就在某一天，發生了一件事情，為我帶來一絲光明與希望。

起因是，有一位朋友看到了我上傳到社群媒體的文章後，傳了訊息給我。其中寫著這一句話……

有座小鎮叫做木天蓼鎮，那邊有尋貓專家喔。

我當下便秒回顧聞其詳，於是朋友便將網址傳給我。

……就是這間，叫做貓目偵探社。我有朋友就是委託他們才找到走失的貓的。

我先向朋友道謝後，立刻點擊網址並填寫預約表單。然後便抱著抓住最後一根救命稻草的心態，隻身前往那家偵探社。

貓目偵探社位於一棟老舊大樓的二樓。

我按了門鈴，聽到對講機傳來「你好」的聲音。

「你好，我是有預約的……。」

「預約……啊，對喔，有預約！妳等一下喔……」

應對有點輕率。等了一會兒，出現了一位三十歲左右的男人。

「妳好妳好。來，裡面請裡面請。」

「今後有勞了……。」

我在他示意的沙發上落坐，重新打量眼前這位偵探先生。

他穿著髒兮兮的西裝，一個人兀自傻笑。駝背很嚴重，頭髮四處亂翹。

而最特別的是他的眼睛，居然跟貓一樣是豎瞳。

「那麼，請一五一十地告知詳情。」

「這就是我家的貓……。」我取出小咪的照片給他看。

包括小咪的名字以及特徵、何時何地走失的，就我所知的全部詳盡說明。期間，這位偵探先生不時發出「嗯嗯」的聲音，並以手抵著下巴點頭。

「我了。」等我說完

之後，他說：「我們現在就去找貓吧。」

「咦，現在！」他看上去實在不像是準備萬全的樣子，讓我忍不住脫口問道。

「尋貓這種事，就是要趁意念還殘留著的時候才好嘛。」

其實我聽不太懂他在說什麼，總之我拋出我的疑問：「呃，不好意思，請問您是要怎麼找呢……？」

「用那個找。」偵探先生指著一個花瓶，裡面插著許多逗貓棒。

他站起身來，走了過去，抽起一支逗貓棒。

「用這來尋貓。」他的豎瞳收縮得更加細長。

我與那位偵探先生站在家門口。

偵探先生拿出他的逗貓棒，單手握著柄的部分。

「好，走吧。」

「走，走去哪……？」

「不是要去找小咪嗎？」

「是沒錯啦，但到底該怎麼找……」

「沒事，請看好囉。」

偵探先生開始左探探右探探，不久便開口：「喔，有反應了。」

我問他是有什麼反應，他說：「就這個呀，這個逗貓棒。」

我往他手上的逗貓棒看去，那支逗貓棒正被風吹得搖來搖去……不對，我馬上就看出來不是被風吹的。這裡一絲微風都沒有，逗貓棒卻自己一晃一晃的。

「這就是尋貓術。」偵探先生咧嘴笑開。「逗貓棒有一種特殊的力量，只要持有人心想著貓，手上的逗貓棒就會在貓的意念強烈的地方產生反應，就像妳看到的一樣。我就是藉此追蹤貓的。世界上不是流傳著尋水術嗎？就是拿著金屬棒探測、搜尋地下水脈的。我這跟那個很像，因為尋找的對象是貓，於是我便稱之為尋貓術。」

我半信半疑，開始擔心這人究竟行不行。但又試圖說服自己，只要能找到小咪，不論用的是什麼樣的方法都無所謂吧。

「好，我們跟上去吧……」

我跟著他，一步步地慢慢走。

偵探先生走幾步便停下，看著逗貓棒的動靜後又再起步，如此反覆了無數次。

期間，我還以為沒路能走了，沒想到他卻一躍而上人家的圍牆。

「等等，這是別人家耶！！」

「唉呀，對貓來說這都是能走的啦。」

真是的，我不管了，

放手一搏吧！

我已完全豁出去了，

爬上了圍牆跟著偵探先生。

打從長大成人之後，

便再也不會在圍牆上保持平衡走路了呢。貓眼中所

見景物是這樣的啊，我忽然覺得自己也變成貓了。

我們時而跳下圍牆走過人家的庭院，時而穿越寬廣的大馬路，一切只依循著逗貓棒的指引。

不知不覺，夕陽西下，天色已然開始昏暗。

驀然發覺，我正走在陌生的公園中。

這到底是哪裡的公園呀……。

就在我這麼納悶的時候。

「就是這裡。」偵探先生停下腳步，開口說道。「反應在這裡中斷了。」

「中斷……？」我問，「呃……你是說，我們大老遠找到這裡卻跟丟了嗎……？」

偵探先生的視線所及。

在公園植物之中，有雙眼睛閃爍著……。

「小咪？」

我大聲呼喚。那絕不會錯，就是我家的小咪。

我慢慢地靠過去，感到喉嚨開始哽咽。我輕輕地抱起了小咪，忍著的淚水終於潰堤。

「天啊，找到你真是太好了、太好了……。」

偵探先生也開懷地笑了。

「真的，能團圓真是太好了呢！」

他手上的逗貓棒，還一圈一圈地轉個不停。

幾天後，我跟丈夫再度拜訪偵探先生，不停言謝。紅包也包得特別大、特別厚，但偵探先生卻笑著堅決拒收。

「您的好意我心領了，但這畢竟是我份內的工作。」

就這樣，我們與小咪又回復了以往那平穩的日子。

小咪今天也活蹦亂跳，滿客廳跑地追逐著銀色球球。

說到銀色球球，這陣子還發生了這件事。

前幾天，我心血來潮想說自己也來試試看尋貓術，便單手拿著一支逗貓棒在家裡走來走去。然後，逗貓棒突然產生了強烈的反應，我便仔細翻找那附近，看看到底是什麼讓逗貓棒劇烈地轉個不停。

這意外的發現與收穫讓我不禁驚呼，卻又苦笑著覺得難怪逗貓棒會有反應。

在冰箱與牆壁之間的縫隙，靜靜地躺著許多蒙上一層灰塵的銀色球球。

7 Mezamashi Neko

Episode-7

鬧鐘貓

Matatabi chou wa Nekobiyori

7 Mezamashi Neko

搬家業者已然離去，人生頭一遭的獨立生活正式揭開序幕。

某年春天，我展開了大學生活。[1]

跟住在一樓的木天蓼大廈管理員打過招呼後，我就回到自己住處休息了。雖然這間住處不算大，但望著單屬於自己的冰箱、衣櫥，依然對我即將開始的新生活充滿期待。

堆疊著的紙箱，明天再來慢慢整理吧。

起了這樣的念頭，驀然驚覺這也是獨自生活才有的體驗。要是在家裡的話，肯定會被老媽碎念快點收拾好。而現在，這裡就是由我做主的城池，我甚至想為我掌握了的自由高聲歡呼。

搬家過來的第一天，我就痛快地熬夜，直至深夜才就寢。

到開學之前，想睡多晚就睡多晚。想幾點起來，都沒有人管。等等，就算開學了，也是想蹺課就蹺課吧……。

想著這些有的沒的，我舒適地睡著了。

好像聽到了什麼聲音，讓我醒來了。

我還迷迷糊糊的，拿起枕邊的智慧型手機看看時間。

才七點啊……。

就在這個時候，我又聽到了那個聲音。這次清楚地傳進耳裡，是一聲「喵嗚」。

是外面有貓嗎？但是聲音感覺很近耶……。

才剛這麼想，冷不防地有什麼東西跳上來壓在我的胸口，我無法控制地

---

1. 日本的學年約以四月為起始。

發出了「咕呃」的慘叫。

「喵嗚！」

我的思考戛然而止。

有那麼一瞬間，我以為我還在作夢。

然而過沒多久，我便曉得了這是現實。我的胸口坐著一隻不折不扣的貓。

「為什麼啊！怎麼會有貓？」

我慌忙坐起來，而貓早已跳走，四平八穩地站在地上。

我與貓四目相交。

一陣尷尬的沉默，那隻貓開始緩緩踱步離去。而我則愣在原地，眼睜睜看著貓的舉動。

只見那隻貓走到我的房門口，也不停下腳步，我還以為要撞到頭了⋯⋯。

我睜大了雙眼。

那隻貓，從房門一角逕自出去了。我驚疑不定，凝神一看才發現自己的房門一角被切開了一塊四方型的洞。看來就是人家說的貓門吧。

怎麼會有那種東西啊！

不是，剛剛那隻貓到底怎麼回事啊？

像山一樣多的問題蜂擁而至，我卻沒有任何答案。

實在沒辦法。

繼續待在屋子裡感覺有點恐怖，便決定出門一趟。

剛好在走到一樓時遇見了管理員。

彼此打過招呼後，想說既然剛好遇到，於是我便趁機會問他。

「那個，剛剛有一隻貓跑進我屋子……」

「啊啊，」管理員說，「你是說摩納卡啊？」

「摩納卡……？」

「就是我們這裡的貓。」

管理員露出了一副「那怎麼了嗎？」的表情。

我說的話帶著一層抗議的意味。「突如其來的嚇死我了……害我整個驚醒。」

「那真是太好了，祝你有個美好的一天。」

管理員貌似想結束這場對話，我只好攔住他。

「等、請等一下！」

「嘿，是。」

「為什麼貓會擅闖我家呀？說到底，怎麼會裝個貓門咧……」

「哦，原來是這樣啊。」管理員反問：「你沒聽家裡人提及是吧？」

「提及什麼？」

「就是鬧鐘貓的事情呀。」

「鬧鐘貓？」

管理員點頭道：「我們木天蓼大廈就是因為有附鬧鐘貓服務，所以很搶手。鬧鐘貓就是摩納卡，這孩子每天早上都忙著叫本棟所有居民起床。因為貓是一種生理時鐘精準的生物，所以能在固定時間叫人起床喔。」

「……這麼說的話，他會每天早上都來我家叫我起床囉？」

「是這樣沒錯。」

「什麼！」

我感到天旋地轉，這種事情我沒聽說過啊。

租屋的事情是由母親決定的。照這樣看來，肯定是母親暗藏這個玄機的。

腦海中浮現了母親稱心如意的表情。

的確，照我這個性，極有可能沒生活幾天就往怠惰的方向一路沉淪下去了。然而，我實在不想都離家了還要受到長輩插手干涉，再者要我每天早起真是要了我的命……。

想到這裡，我靈光一閃。

這不是很簡單嗎。無須把自己的起床時間設定在早上，只要調成晚一點的時間就好了嘛。搞不好甚至可以直接解除鬧鐘設定呢。

「這個啊，恕無法如你所願呢。」管理員堆滿了歉意。「簽約當時便已經訂立了鬧鐘的設定權限，你的設定權限在你父母手上，所以我無法讓你自由設定。」

「怎麼這樣……」

我想過找母親抗議。不過我冷靜想想。

那你只要生活規律，不就什麼問題都沒有了嗎……。

用肚子想也知道母親會這樣打我回票。

「每天早上七點……」一股絕望感毫不留情地折磨著我。

忽然聽到管理員道出一線生機：「這倒未必，假日可以另外設定的。」

「咦，真的嗎！可以設定幾點呢？」

得救了！

我不禁歡呼起來。

但歡喜的時光一眨即逝。

「可以設定七點半。」

「那不是差不多嘛！」我大失所望。

管理員帶著一絲同情說：「沒事啦、沒事啦，人家說早起的鳥兒有蟲吃嘛，別太灰心了。而且，人生是有限的嘛。學生什麼不多，就是時間多，卻總是虛擲光陰，等到出了社會才懊悔未能珍惜。你就早睡早起，盡可能善加利用有限的時間吧。」

這一番大道理讓我無可反駁，只得先行撤退、從長計議。

自那天起，便開始了我與鬧鐘貓摩納卡的共同生活。

摩納卡每天早上七點，會準時鑽過貓門進來。

摩納卡挖人起床的激烈程度分為好幾個階段，最低階的就是喵一聲。只要我乖乖起床，摩納卡就會滿意地走出我的家。

然而，萬一沒能起床，摩納卡就會在我家裡一直喵喵叫。繼續不起床的話，摩納卡就會像我搬來第一天那樣跳上房客胸口，有時還會用刺刺的舌頭舔。

多虧有摩納卡，自大學開學以來，我從不曾因賴床而遲到過。倒是連想睡個過癮的假日也毫不讓步地七早八早就叫，實在是很頭痛。

我試過假裝起床了，確實眼見摩納卡離去後，再睡回籠覺。

但不知道是直覺還是什麼，只要我睡回籠覺，摩納卡一定會折返回我家，用力地咬我的手腳。我會痛到跳起來，整個人完全清醒。摩納卡具有如此防止再度睡著的貪睡功能。

融入了大學生活，開始會跟朋友、學長姊玩個通宵。玩樂的時候是很開心沒錯，但回到家後就會陷入憂鬱。摩納卡才不管我多晚回家，每天就是準時來叫我起床。

終於，我忍無可忍。我決定玩個通宵之後，早上就縮在棉被裡，來個打死不理。

起初，摩納卡喵喵叫個不停。過了一陣子之後，我以為他總算死心離去了，沒想到他馬上就回來啟動了貪睡功能。

我照舊縮在棉被裡，接著就聽到窸窸窣窣、鏗鏗鏘鏘的聲音。

喂！給我等等！

我實在受不了了，掀開棉被一看，看到我的房間亂成一團。雜誌被撕咬得破破爛爛的，衛生紙被扒抓得散落四處，吸塵器、組合架也都倒塌在地。摩納卡直到親眼見我爬起床傻眼地看著這一切狼藉，這才鼻子哼著氣大搖大擺地走出我的租處。

這件事讓我鐵了心要關閉摩納卡的鬧鐘功能。一方面是這樣老是吃招讓我很不甘心，而且我對睡到自然醒的嚮往已經膨脹到極限了。

然而，一味訴諸強硬手段搞不好又落得滿屋子搗亂的下場。就算封死了貓門，摩納卡也會在門外不停吵鬧。

就在我苦思治貓良方的時候，恰巧有個東西在超商裡閃著亮眼的光芒。我發現了貓零嘴。

就是它了。

零嘴的懷柔大作戰！

我馬上就買下了這項商品，晚上將它放在枕邊入睡。

隔天早上，我一聽到喵喵聲，就搓揉著惺忪睡眼，將貓零嘴拿給摩納卡。

然後。

摩納卡嗅了幾下便貪婪地大吃特吃。接著走出了我的房門，再也沒有回來叫我起床。

我心裡大呼痛快。

我總算將了鬧鐘貓一軍！

隔天早上、再隔天早上，我都成功地拿貓零嘴打發摩納卡。要每天早上起來拿零嘴也太本末倒置，我從第三天起就在睡前將貓零嘴裝好，隨摩納卡高興吃到飽。

事變發生在第四天。

我本來睡得好好的，突然感到有份重量壓著，吸呼困難而醒。我的胸口上坐著摩納卡，頻繁地叫我吵我。

看看時鐘，這才黎明時分而已。

我納悶著，眼光望向地上，地上掉著一個空空如也的零嘴袋。

「咪嗚。」摩納卡的叫聲聽起來像在撒嬌。

我懂了。摩納卡在七點來叫我之前就把零嘴吃光了，現在正在討更多零嘴。

「真拿你沒辦法……。」

我拿庫存的貓零嘴給摩納卡吃。摩納卡吃得津津有味的，心滿意足地離開我家。

自那天起，三更半夜的也被摩納卡不客氣地挖起來討額外的貓零嘴，都已經成為日常了。

「好啦，等等，我現在拿給你……」

摩納卡不再準時七點叫我起床了。取而代之的是整個漫漫長夜隨時都可能挖我起來，打斷我的睡眠。

我試過把貓零嘴藏起來，就像之前早上再給的做法。結果一旦沒有貓零嘴，摩納卡可以吵一整晚，最後我還是認命起床。

我嚴重睡眠不足，不得已之下只好去找管理員。

我跟管理員講了來龍去脈之後，「唉呀，慘了。」他說。「到這地步，我看會有好一陣子你都拿他沒辦法喔。因為貓零嘴的關係，摩納卡的時鐘就變成那樣了。」

「你是說時鐘亂掉了嗎？我承認啦，隨便餵食零嘴是我的錯啦……那不能把摩納卡的時鐘轉回正常嗎？這樣子下去，被挖起來後我就再也睡不著……」

管理員搖了搖頭，說：「不是，不是摩納卡的時鐘亂掉了。應該說是摩納卡體內的模式變了吧。所以說，跟轉回來不太一樣。」

「模式？」

「是時鐘本身切換成別的了。」

我忙問此話怎講，管理員說：

「貓的體內有兩種時鐘，一個是普通的生理時鐘，就是用在鬧鐘功能上的。另一個就是摩納卡現在所依據的……腸胃時鐘。」

管理員一臉同情地繼續說：「這孩子非常喜歡貓零嘴。鬧鐘功能還是正常運作的，不過腸胃時鐘可就不受控了呢。」

8 Neko no Theater

Episode-8

貓咪電影院

Matatabi chou wa Nekobiyori

8 Neko no Theater

走，我們去看電影。

說要去看電影的父親，拉著我去的是他長大的地方……木天蓼鎮上的電影院。

「好了，就是這裡。」

父親看起來相當開心，我卻在望見那棟老舊又矮小的建築物當下，難掩失望。我原本滿心以為是去裝潢豪華的電影院，看最新的劇場版動畫或英雄電影，但這種電影院感覺沒在播放什麼好看有趣的電影。

父親大概是察覺到我的心思，便開口說：「你覺得等等會很無聊對吧？」

被說中了，只得默認。

「哈哈，我了解你的感受哦。不過，我一直想等你長大了之後，跟你一起來這裡。這裡對爸爸來說是充滿回憶的地方。我小時候，爸爸的爸爸常常帶我來這裡呢。」

「就是說，我的爺爺？」

父親點頭，「沒錯，你爺爺也很喜歡看電影。」

「是喔……」

我也只是嘴巴上這麼應著，但老實說，真的沒有多大興趣。爺爺在我出生前不久便過世了，因此既沒見過也沒說話過。對我來說，爺爺幾乎就跟照片中不認識的人一樣陌生。

「那，我們進去吧。」

我們購票後便一同進入了電影院。

電影院內空間促狹，唯一的影廳也不大。

影廳中已經有幾位客人就座了。我與父親選了後排的座位。

「爸，我們要看什麼電影？」

父親回答我：「都還沒開始播放，我也不會知道耶。」

「什麼？」

「我只知道肯定是經典名作。」

我滿頭霧水，父親為我解釋：

「這裡是二輪戲院，只播放老電影。不過呢，這裡播放電影的做法跟一般的電影院不一樣。這裡是貓咪電影院。」

「貓……？」

這下子我更加搞不懂了，滿肚子的牢騷即將爆發。

就在這個時候。

父親朝著後面說：「喔，來了、來了。就是那隻貓，他叫次郎。」

我隨著父親的視線望過去，「啊」地驚呼。有一隻貓神不知鬼不覺地端坐在後方的放映台上了。

「喂，那邊可是有隻貓耶！」

父親對著驚訝萬分的我說：「哈哈，我剛不是才說過嗎？那隻貓就是電影放映師，次郎呀。這間電影院，是由次郎為大家播放電影的。」

「這是什麼狀況……？」

「我看，與其用講的，不如你親身實際用看的比較快。」

此時恰巧響起了一聲「叭……」，全廳熄燈。

「電影要開演了。你看一下次郎。」

聽父親這麼一說，我便轉頭去看那隻貓。一片漆黑之中，只見兩顆圓形光點。

那雙貓眼……。

正當這麼想時，下一秒那雙眼突然大放光明，炫目的圓形光束貫穿漆黑的影廳。

我順著光束往大銀幕看過去……我嚇到了。

大銀幕上已經在播放商業廣告了。似乎是貓眼所放射出的光線在播放。

「嚇到了吧？次郎他能像這樣用眼睛播放影像喔。而且還有聲音呢。」

趁著播放商業廣告的時候，父親跟我說了這些事。

在父親還小的時候，次郎就已經在這間電影院擔任電影放映師了，具體年齡不詳。他原本只是電影院老闆養的一隻普通的貓，多年來電影看著看著，居然就能自己播放電影出來了。

「這樣可比由人用電影放映機來播放電影還輕鬆簡單，於是便漸漸都請次郎來播放了。現在則是完全倚賴次郎，所以說來這間電影院看

電影的樂趣，就在於觀賞次郎的當日片單喔。」

我一邊聽著父親說的話，一邊時不時地轉頭偷看次郎。他文風不動，眼睛所播放的畫面也毫無一絲動搖。

「爸爸我第一次看到的時候，也是一樣驚訝的喔。我跟你今天一樣，當時也是什麼都沒聽說就被帶來這了。」父親滿懷思念地輕聲說道。「我到現在還清楚記得，當時爺爺看見我的反應有多開心。唷，差不多要開始了，我們要保持安靜。」

跟父親說的一樣，大銀幕上正播放著注意事項。

接著，電影便開始了。

電影是黑白的，語言則是外語。我第一次看到非彩色的電影，也是第一次需要邊看字幕邊看電影，剛開始的時候還真無所適從。

但過不久就習慣了，能順利入戲到電影的世界裡。
電影劇情描述高貴的公主與一介草民落入愛河的故事。
其實我並沒有完全看懂這個故事。
只是，那兩人騎著機車在城市中飆速的畫面讓我興奮莫名，逃離追兵的畫面則讓我感到緊張刺激。一不留神，我已經看得入迷了，連最後別離的畫面也讓我心痛萬分。
直到電影都播映完畢、廳內也已亮起了燈光，我還依然沉浸在電影的世界裡。
「老電影也很好看吧？」
父親的臉上浮現出溫暖的笑容，而我對著他深表認同。恍如踏入了大人的祕密世界，一股無以言喻的感覺縈繞心頭。

等到觀眾皆已離去之後，父親才開口。

「其實呢，今天還有個東西要給你看。」父親回過頭，說：「次郎先生，之前拜託你的那件事，沒問題嗎？」

還端坐在放映台上的次郎，以低沉的嗓音「喵」一聲回應。

「非常謝謝你。那麼萬事拜託了。」

「爸，要看什麼……？」

我向父親詢問，然而他卻只是笑而不語。

緊接著，廳內再次關燈，一片黑暗。

是又要播放別的電影嗎……。

就在我疑惑的時候，大銀幕上開始播放出影像了。這次是彩色的，似乎是某個城鎮的街景。

低。

我看著看著，發現了一件奇怪的事情。不知為何，拍攝的角度放得非常

「這是什麼電影呀？」

「類似像紀錄片之類的吧。這是次郎以前真實見過的景象喔。」

「怎麼回事……？」

「次郎所記憶起來的景象，不只是普通的電影。這種平常見到的景象也會烙印在他的腦海裡。現在播放的影像，是你出生前的木天蓼鎮。哇，這條路，好懷念啊……」

父親望著大銀幕低聲說道。

「沒錯沒錯，這裡以前有間糖果店。我常常在放學後跟朋友在這聚聚。然後會在這塊空地一起玩鬼抓人……然後，對，就是這個轉角。就在這裡拐個

彎後……」

就是父親他出生、長大的家了。

「我就是想讓你看看這段影像，才特別請次郎調出當時的記憶的。」

畫面帶著我靠近了一間獨棟的屋子。然後踏足進入。

我不知不覺已全心全意融入了貓的視角。有一種，我用自己的這雙眼睛在看著這幅景象的錯覺。

繞到屋子後面，有個院子。

屋子的緣側上，坐著一個男人。

「喔喔，是次郎啊，你來了呀。」

他出聲喚我，我便走去那男人身邊。男人走下院子，蹲著說「過來。」

我朝著他跑了過去。

我一抬頭，那男人的臉龐便在我頭上。

那男人的面容與父親神似，浮現出溫暖的笑容。

我的心，已揪成一團。

我想說些什麼，卻說不出口。

「好乖好乖好乖，次郎真是愛撒嬌耶。」

他伸出手來，我便上前來回磨蹭……。

我有點開心，又有

點不好意思，複雜的情緒讓我低下頭去。

彷彿得到爺爺的疼愛，這種感覺還是我有生以來第一次感受到。

9 Machinaka no Art

Episode-9

鎮上的藝術家

Matatabi chou wa Nekobiyori

9 Machinaka no Art

第一個被發現的塗鴉，就在木天蓼商店街內一間鮮魚店的鐵門上。某天早上，店老闆走出門外，赫然發現鐵門下方被畫了彩色的塗鴉。

仔細一看，那像是用噴漆畫成如字母般的塗鴉。

老闆心想，唉呀，被畫了。

他曾在電視上看過相關報導。年輕人將這種噴塗在牆壁、柱子上的圖畫稱為藝術。記得好像是叫視覺藝術什麼的吧。在歐美，塗鴉都出現在地下鐵車站內，讓鐵路公司相當頭痛。

而在日本，鮮魚店老闆也會在河堤、橋下看到這種塗鴉，沒想到居然有一天輪到自己遭殃。

當天老闆便買了清潔劑回來，店面打烊後拿起刷子刷洗。噴漆非常難清，但老闆費盡心力總算回復原狀了。

下一個倒楣鬼，是鮮魚店附近的青菜店。一樣是清早起來，就發現鐵門被塗鴉了。繼鞋店、糖果店陸續傳出災情後，連緊鄰著的住宅區牆上也發現了塗鴉。

事已至此，居民之間開始談論這個狀況。亦即，這一連串的犯行，已正式納入鎮民聚會的議題之一了。

「請受害者舉手一下。」聚會的會長對著大家說。「九、十、十

「……好，共十一位。請放下手來。」

然後他在白板上的地圖，標記了這十一位受害者遭殃的時間與地點。

「原來如此，看來，目前的受害情況有集中在某一個特定區域的傾向哦。」

「不過，會長，」有位居民舉手發言，「看起來像是以商店街為圓心，慢慢呈圓形擴散出去的感覺耶……」

「你說的沒錯。若置之不理，總有一天我們整座小鎮都會淪陷的吧。這次的事件似乎也讓貓警察感到相當棘手的樣子。」

又有另一位居民發表意見：「到底犯人是哪裡的年輕人啊……」

會長對此答以：「這倒未必，現在斷言是年輕人做的還言之過早。這種事情，既不是老人也不會是年輕人做的。」

「也是啦……那，到底是誰、為了什麼目的……」

「這是我的一己之見啦，」會長說，「雖然我不曉得是誰做的，但我大概知道犯人的目的。」

「目的是？」

「自我主張。」會長繼續說。「我認為是犯人想藉由讓我們困擾，逼我們認識他們。應該就是人家說的，很多年輕人心裡想要獲得認同吧。」

「照你這麼說，那果然犯人就是年輕人嘛！」

「唉呀，抱歉、抱歉……剛剛那是講好聽一點嘛。」

一時之間，居民們七嘴八舌地熱烈推敲犯人的形象，但卻得不出一個結論。只能彼此提醒多加注意，當天便結束聚會、各自解散。

犯人的真面目，以出人意表的形式現身。

幾天後，有人在鎮上空地發現了一隻身上沾著顏色的貓。

一開始，大家還以為是有人在虐待動物，以為訴諸藝術的人連貓也不放過。「簡直豈有此理」、「這種人真是無可理喻」，居民們各個義憤填膺。

然而，收留那隻貓的居民家中即將遭受重大災情。隔天該居民出門上班後，一回家，發現家裡到處都畫滿了彩色的塗鴉。

也就是說，那個藝術渾蛋這次竟然闖空門，連室內也弄得髒兮兮的……。

真相並非如此。

因這陣騷動而來的某位居民說了這麼一句話：「那個……這該不會，是這隻貓做的吧？」

「貓做的？怎麼說？」

「就……你看，這隻貓身上不是沾著顏色嗎？昨天應該都洗乾淨了才對呀。」

「貓身上沾著顏色，那肯定是犯人搞的好事嘛。」

「當然也不能完全排除那樣的可能……不過我只是說，我們是不是能思考一下，這一連串的塗鴉事件，是否就是這隻貓咪在噴塗的可能性。」

「噴塗？」

「對……」

貓咪的噴塗。那是貓咪標示地盤的行為。最廣為人知的，就是尚未結紮的公貓會將尿液以噴霧的形式盡量往周圍散播自己的味道，向其他的貓咪宣示自己的地盤與主權。

這位鄰居繼續說。是不是因為這隻貓「噴」的是有顏色的，所以才會有圖畫出來？

「天底下有這種事？」

「不過，您府上也沒有遭人入侵的痕跡，對吧？」

「這個嘛……」

「那麼，我想值得一試。」

鄰居提議裝設監視器，暗中觀察與記錄貓咪的行為。

「既然都說到這份上了，那我知道了。」

該居民同意裝個監視器，以便在無人時錄下貓咪的動靜。

隔天，該居民下班回家，看了錄下來的影像之後，整個傻眼了。

貓咪的行動，令人難以置信。

本來還在屋子裡慵懶發呆的貓咪，居然緩緩站了起來走去牆壁那邊。接著，貓的下半身有綠色霧狀的東西噴散出來，然後是藍色、紅色、黃色的噴霧，不一會兒，便完成了一幅幾何圖形的畫作。

果然如鄰居說的，犯人居然就是這隻貓……。

有了初步結果，這件事情再度登上鎮民聚會的討論議題。

「真沒想到，竟然是貓做的……」會長說，「每個塗鴉都很小，也是因為這個緣故吧……不過，這究竟是為什麼會發生這種現象……」

收留貓咪的居民說：「依動物醫院的檢查

其實該居民並沒有做太過縝密的思考，便發布了那則貼文。如今的網路反應，反而讓他不知所措。於是他馬上去找會長。

「怎麼辦！」

就連談話的這當兒，也不停地響起社群網站的留言通知。

那個陷入恐慌的居民好不容易才講完這件事情。會長聽了之後，沉思半晌。

過了不知道多久，會長總算開口：「這件事該怎麼解決，我看有賴貓咪判斷。」

如此這般，會長站在貓咪面前，從頭到尾把來龍去脈講個清楚。包括此事在社群網站上蔚為話題、有人表示想要貓咪創作的藝術，以及貓咪本身是否有意回應這些留言……。

當然，他們不知道貓咪是否聽得懂人類在說些什麼，不過會長還是詳盡地說明目前的狀況。

接著，會長在貓咪面前架設好畫布，然後說：「如果你願意的話，能不能在這上面畫畫呢……」

貓咪搔了搔耳朵後方、又打了個呵欠，表情顯得實在沒什麼興趣。

該居民開始擔憂起來，說：「是不是不該說畫布呀……？」

我們提到了畫布，

是不是傷了街頭藝術家的自尊呢？我們的提議，是不是一種將心靈出賣給商業的行為呢？這是不是對藝術家的褻瀆呢？

我看還是算了吧。網路上，就跟大家正式道歉，說這的確是ＣＧ動畫，請大家都當沒這回事好了。

當在座所有人都一致同意的這瞬間。

貓咪緩緩站了起來，下一秒便「咻……」地噴出霧狀物到架好的畫布上。接著又噴射了各種顏色上去，最後完成了一幅像是大頭老鼠的畫。

「你看到了嗎？這隻貓咪有那個意願的！」會長高聲歡呼，「我們也來盡我們所能吧！這下子可要火力全開來輔助貓咪了！」

會長立即召開鎮民聚會。

「……那麼，根據投票結果，貓咪的筆名就決定是『nyaa』了！」

不約而同地響起一片掌聲。

「本鎮鎮民今後將為『nyaa』的藝術作品擔任仲介。營業所得將全數作為nyaa老師一切活動所需經費及生活開銷之用。我們充其量只是做義工，沒問題吧？」

「無異議！」

「無異議！」

「無異議！」

會長志得意滿地掃視過去，說：「我們已經接到委託要請貓咪創作了。現在就請大家分工合作，從應對、接待開始吧！」

鎮民們的活動中心用來充當貓咪的工作室，大家輪流值班，負責餵食、打掃，為貓咪打造一個舒適的創作環境。

活動中心的四面牆壁，都豎立著好幾片畫布，讓貓咪隨興想畫哪裡就畫哪裡。

魚兒、明月、房子以及車子。

從有明確具體母題的畫作到抽象畫作，貓咪的畫風豐富多變而不受限。每幅畫的角落都有肉球朱印，那就是nyaa的簽名。

收到畫作的網友，都會很積極地將掛起來的樣子上傳到社群網站。觸及到的網友得知了貓畫的事情，便會來詢問。如此，貓畫的委託便源源不絕。

這次來了個委託，內容是這樣的：能否為我新落成的房屋作畫呢？

「需要外出的要求，這這這……這恐怕會造成nyaa老師的負擔……」

在工作室接聽電話的會長如此回應對方，隨即便「哇呀」地叫出聲來。原來是貓咪在咬會長的腳。貓咪全身毛髮倒豎，發出沙沙聲威嚇著會長。

看這樣子難保不會再被咬一口，會長總算看出了貓咪的意思，連忙向對方表示：「那、那個，nyaa老師說，這件委託他接定了！」

自這件委託起，增加了外出作畫的業務。包括為車站站體作畫、為老屋的牆壁做藝術彩繪。較大面積的畫作，甚至需要在現場搭起鷹架呢。

剛開始形成話題時，有一部分是因為貓咪會作畫而讓世人感到稀奇。隨著nyaa完成了各項委託，他在藝術方面上的聲望也確實提升，讓收取的報酬水漲船高。所得用來為鎮上建造氣派的活動中心，nyaa的工作室也移往新處。

大案子也接踵而至。

nyaa接到委託要為坐落在城市都心的商務設施創作主題美術，最後成就了迎賓大廳的巨幅壁畫。還有一幅畫作被收藏在首相官邸，作為現代日本的象徵。

10
Bug wo Otte

Episode-10

追殺蟲蟲大作戰

Matatabi chou wa Nekobiyori

10
Bug wo Otte

兼工作室之用的我家，來了一位新家人。
是黑貓，名叫小黑。

小黑是我從木天蓼鎮認養來的，精力充沛、活力旺盛，不分晝夜地在家裡開運動會。尤其是有蟲蟲跑進家裡的時候，那更是不得了。他的眼裡只顧著追小蟲，追逐之間翻倒垃圾桶、把碗裡的水潑得到處都是，這些都不過是家常便飯。甚至有時候蟲蟲都不見了，小黑卻保持在興奮狀態停不下來，橫衝直撞的，讓我百般無奈。多虧有他在，無拘無束的單身生活才有機會與動力去收拾整理亂七八糟的住家，多少還算是有點好處。

只要我一面對電腦投入編寫程式的工作，小黑就常常來打擾我。在腳邊叫個不停那都還算好的，他甚至還會跳到桌上搗蛋、任意亂踩鍵盤。

其中最讓我無言的，是他會在我工作當下三不五時地碰我的螢幕。一旦他在螢幕旁坐定，便會盯著螢幕上的程式碼。然後不曉得是啟動了什麼開關，他就突然聳動了一下，接著靠近螢幕便開始撓抓。

「喂！小黑！不可以抓！」

一開始我還會口頭喝斥小黑。

然而，不論我喝斥了多少次，小黑總是講不聽，讓我無計可施。

我實在不解，為什麼小黑對電腦螢幕會有反應呢？

他其實也會對電視畫面有反應。譬如他會朝著天氣播報員的指揮棒飛撲，也會追逐著足球實況中的球。不過這些畫面很明顯地會造成視覺上的刺激，所以其實小黑的這些行為，還算不難理解。

然而，枯燥的電腦螢幕上只會映現出我所寫的程式碼，一丁點兒也沒有什麼顯眼醒目的東西。上下滾動的時候的確是會有畫面上的變化，但我不明白為什麼小黑會對這種東西顯得很有興趣。

不管如何，我都必須想個辦法。

畢竟這是工作，總不能只要小黑來了就放下手邊的事情陪他玩吧。為了不讓他靠近我的螢幕，可能還需要架設柵欄之類的……。

又過了幾天，我注意到了一件事情。

當天，我一如往常地在工作。小黑冷不防地趁隙竄到電腦旁邊，在螢幕旁坐下。

又想打擾我工作啊……。

我心裡這樣想著，繼續喀嗒喀嗒地敲著我的鍵盤、滾動我的畫面。果不其然，小黑又驀地拉長身子喵喵叫，還開始撓抓起來。

在那瞬間，我才恍然大悟。

小黑之所以撓抓螢幕，並不是在玩鬧。在小黑伸出手的幾乎同時，我看到程式裡有誤……我發現了蟲蟲[2]。

最重要的是，小黑伸出手碰的地方，跟蟲蟲出現的地方完全一模一樣。

我震驚到全身僵硬，簡直像被雷劈到一般。

該不會，小黑他是對蟲蟲產生反應的？

不可能吧，那應該只是偶然……我的理智試圖否認那樣的假設。既不可能會有貓懂程式，也不可能擁有找蟲蟲的技能。

可是，我的好奇心已然萌芽。

萬一小黑真的是對這個有反應呢……？

2.Bug，原意即為「蟲蟲」。在電腦術語中以「bug」指稱程式上的錯誤。

我就來試他一試，姑且當作是休息。我故意寫了一小段蟲蟲到程式裡，然後上下滾動畫面。

驚人的事情發生了。

小黑飛撲而上，不偏不倚剛好就瞄準了螢幕上的蟲蟲所在處。

我開始興奮起來了。

我馬上又植入另一隻蟲蟲，再試一次。而小黑準確無誤地對蟲蟲的地方有所反應，屢試不爽。

我突然想到一件事。

小黑會對蟲蟲有反應的原因……是不是因為小黑本來就很喜歡蟲蟲呢？程式所說的蟲蟲，原本就真的是指昆蟲的蟲蟲。小黑是不是因為發現了程式裡的蟲蟲，才開心地追逐著呢？

儘管我無從辨別這假設是否成立，但不論如何，小黑能找出蟲蟲是不爭的事實。

我的心中歡天喜地。

編寫程式這份工作，蟲蟲是如影隨形的。即使自認程式寫得完美無瑕，也絕對不可能一跑就順暢無礙。肯定會有某個地方出現蟲蟲。

要找出蟲蟲絕非易事。小自拼字錯誤，大至前後邏輯矛盾。縱然只是枝微末節的錯誤，但要在龐大的文字裡頭找出那一小隻蟲蟲來，可謂大海撈針。

我在考慮著一件事。

假如我工作的時候，刻意讓小黑擔當起找蟲蟲大任，那會怎麼樣呢？應該會提高工作效率吧？

事實證明，這樣的做法很成功。

我的工作進度突飛猛進。

我在寫著程式，小黑就在我旁邊，雙眼炯炯有神。一旦小黑飛撲出去，我便檢查那個地方，加以修正。

驚人的是小黑對蟲蟲的感知能力。甚至我只寫到一半，小黑就已經在扭屁股準備飛撲了。不知道是他記得之前蟲蟲出現的地方，還是第六感的作用。儘管我不懂小黑是如何感知到的，但我可以拍胸脯保證，只要小黑進入這樣的狀態，那就一定有蟲蟲會出現，然後下一秒小黑就飛撲出去了。

後來，小黑發展出了令人無法置信的能力。

有一次，我注意到小黑在飛撲了我的螢幕之後，好像抓住了什麼東西叼去桌子的一角玩弄。

仔細一看，小黑居然在重整字母排列。

連忙看向電腦螢幕，原本應該是那段文字的地方，卻是空白一片。究竟怎麼會這樣，小黑居然能把螢幕中的蟲蟲抓出來，易如反掌。

自此之後，只要我工作中暫時離開一下子再回來，經常會看到桌上有散落的文字片段。有時候是單字，有時候是成串的句子。他那叼著文字、得意洋洋的臉龐，彷彿在炫耀自己的獵物般，讓我不禁莞爾。

漸漸地，我對工作就開始隨便起來了。

以前我會盡我所能地保持清醒的頭腦、專注力全開，地毯式搜索、除蟲。現在則放輕鬆任其自然。反正就算有蟲蟲，小黑都會幫我抓出來。

工作的方法也變了。

我不再做縝密、嚴謹的思考，總之就先衝出一個段落的程式，然後讓畫面自動滾動，接下來就交給小黑發揮了。小黑便大展身手，痛快地把蟲蟲全抓下來。等自動滾動到這段落的最後一行，我再回到第一行，找出蟲蟲被抓出來而顯露的空白，填入正確的程式編碼。大概就像這樣的流程。

寫得自由奔放、毫無章法可言的程式，裡頭藏的蟲蟲愈來愈多。

即使如此，我依然絲毫不放在心上。

縱使完成程式所耗時間比以前還長，但由於無須再回頭除蟲，整體而言工作還是能提早交件。既然效率提升了，於是我便接了更多的工作。

不過，發生了一件始料未及的事情。

事情發生在我放任小黑去抓蟲蟲，自己則離開座位的時候。不知不覺之間，我在沙發上睡著了。等我突然驚醒，已經過了好一段時間了。

唉呀，這下糟了，該回去工作了……。

腦袋這麼想著，迷迷濛濛地走到工作房去。就在這個時候。

小黑見到我出現，不知為何竟逃命也似地奪門而出。

我還真沒見過他這個樣子，只覺得他很奇怪。但也沒多想，兀自走向我的電腦。

下一秒鐘，看到我的電腦螢幕，我整個傻眼無言。

電腦螢幕上還留著蟲蟲被抓走之後的文字，但那文字的排列組成卻亂七八糟。文字的斷肢殘骸散布整個電腦桌面，被玩弄得歪七扭八。

我想起了剛剛小黑奪門而出的那一幕。

這一定是小黑做的好事！

但是，小黑為什麼要這樣……。

我知道了。小黑他在房子裡追逐蟲蟲的時候，總是興奮到不能自已，簡直要把整屋子都掀了。

一定是因為之前我都在旁邊，小黑不敢輕舉妄動。然而今天，趁著我都不在場，小黑便肆意妄為了。

我突然有種不妙的預感，便將畫面切換至桌面。然後，我發出了一聲哀號。

展現在我眼前的，是一片悲慘的光景。

猛一回頭，小黑躲在暗處偷窺著我的反應。

我不得不抱著頭苦惱。

我要花多少時間來收拾善後啊……。

桌面上的資源回收桶被徹底掀翻，裡面所有的檔案全都潑灑到整個桌面了。

11 Maestro

Episode-11

大師

Matatabi chou wa Nekobiyori

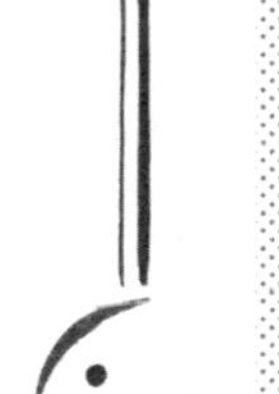

11 Maestro

我家的小櫻，最近不停地吵。小櫻是一隻三花貓，本身就是很活潑的女生了，不過這陣子，她只要想到，就會用奇怪的聲音一直叫個不停。是吃的不夠嗎？還是還想再玩呢？

儘管假設過這些可能，但最終似乎都不是這些原因。那她到底為什麼會一直叫呢？我依然百思不得其解。

說到吵，還有一個人最近也很吵。就是我女兒。

「媽媽，妳聽妳聽！」

她說著，便自顧自地大聲唱起歌來，完全不管人在哪裡。

女兒要我聽的，是學校的指定曲。

最近她上了小學，第一次參加合唱比賽，總是雙眼閃閃發光地講著所見所聞。

「媽媽，妳有在聽嗎？」

「嗯，我有在聽！」我口頭上隨便應付，繼續看我的網頁、雜誌。

「哪有，妳沒在聽！」

「我有在聽啊！」

「我說啊！真正上場指揮的人很厲害！」

「啊，是喔！」

我依然隨便應和著她，把她的聲音當成ＢＧＭ，又沉浸回自己的世界去了。

由於合唱比賽也開放監護人觀賞，於是比賽當天我隻身前往女兒就讀的木天蓼小學。

我在體育館的監護人座位落坐後，望向在前方席地而坐的孩子們。我馬上就看見女兒的身影，就在等待上場的班級裡面。只有她一個人動來動去，頻頻望向我。

女兒一跟我對上眼神，便綻開了笑容，甚至還朝我揮手，因此而被老師點名。我覺得很不好意思，便低下頭去。

這場合唱比賽中讓我驚疑的，就發生在上場的第一班……一年一班已在台上整列好隊伍之後。

女兒的班級是三班，所以我還想說上場還早得很，便發著呆。就在這時候，我看到有個小巧的身影緩步踱向指揮台。

我想說那是什麼，仔細一看，居然是一隻貓。而且那隻貓還穿著類似燕尾服的正式服裝。

為什麼這裡會有貓……！

我左右張望看看有沒有人能說明一下現在的狀況。我看到有好幾個人也跟我一樣無法相信眼前的事情。不過大部分的監護人絲毫不為所動，一副理所當然的樣子等著孩子開始歌唱。

那隻貓兀自踏上了指揮台。孩子們也沒什麼騷動。

貓對著觀眾低下頭行了個禮後，閉上眼睛。然後繼續面對觀眾，筆直地豎起了自己粗粗的尾巴。

下個瞬間，貓的尾巴，像指揮家一樣緩慢而穩定地動了起來。

貓的尾巴在空中劃出了好幾次「h」的形狀。我還搞不清楚發生了什麼事，鋼琴伴奏已然響起，孩子們齊聲歌唱。

歌曲與女兒唱的一樣。

但我已無心傾聽孩子們的歌聲，注意力都在貓身上。

貓咪靈巧地揮舞著尾巴，統整著整首歌曲的節奏。動作精準，就連我這個外行人都看得出來貓的指揮相當熟練。

我突然，想起了女兒的話。

……指揮的人很厲害！

我這才恍然大悟。

的確是很厲害。厲害歸厲害……指揮的不是人，是貓啊！

胡思亂想之際，不知不覺之間歌曲已近尾聲。隨著貓尾巴戛然而止，一班的歌聲也完全停止。

我實在忍不住了，便向鄰座的女士問話：「不好意思，請問一下，為什麼是貓在……？」

有那麼一個短暫的瞬間，她側著頭思考我的問題。然後才說：「啊呀，您是指大師嗎？」

「大師？」

「就是那隻貓呀。」

「是喔……」

「看來您有所不知呀。大師是一隻很厲害的貓喔。」

於是她告訴了我以

下這些事。

那隻貓……大師是全球知名的合唱團指揮家。雖然貓咪的聽覺本身就比人類靈敏，但大師又是其中的佼佼者，特別能聽出各位置所發出的聲音，並靠著本身的實力爬升到今天的地位。

平常的主要活動範圍都在歐洲，不過偶爾會回到這個地方。當大師回來的時間剛好落在合唱比賽期間內，各班級便有幸接受大師為合唱團所做的指揮。

「不管他今天多麼功成名就，但大師從未忘卻過對這個小鎮的愛，這真讓人欣慰。好像還有做些各種活動來回饋鄉里，所以這次回來，好像是要展開什麼新事業呢。」

「是喔……」

這些事蹟我從不知道，真是對自己的無知感到難為情。居然對專業大師的指揮感到相當熟練，我怎麼會這麼冒昧啊！

有一股尊敬的感受油然而生。貓的指揮技術固然值得尊敬，但他功成名就了卻依然回饋著鄉里，真的是不簡單啊……。

想著這些事情之間，輪到二班魚貫走出，在舞台上整齊排列。

大師再度緩步踱向指揮台，輕巧躍上。他向觀眾鞠躬行禮後，筆直地高舉著他的尾巴，開始他四拍一小節的指揮。

這次，我總算全神貫注在孩子們的歌聲上了。二班的孩子們所展現的合唱，咬字清晰而順暢、歌聲和諧而明亮。在大師的尾巴戛然而止之前，他們盡情地放聲高歌。

接著，該三班出場了。

孩子們走上舞台，男生站左側、女生則站右側。

大師在指揮台上尾巴一揮，三班便開始合唱。

但，就在這個時候。

我所害怕的事情果然發生了。我抱著頭，暗叫不妙。

在爽朗的歌聲之中，夾帶著一道突兀的女生聲線，走音走得太誇張。

我聽到幾聲竊笑，來自監護人座位。

誰走音走得那麼誇張，隔這麼遠都看不出來呢。

只有我，心知肚明那是誰。

那毫無疑問地就是我女兒。

她在家裡唱歌的時候就是這樣了。大概是遺傳到我的關係吧，她再怎麼唱，聽起來結果都是音痴。

但是我總自我安慰，她才小學一年級嘛，大家也都唱得差不多，應該能掩蓋得了吧……。

事與願違，不得不認清殘酷的現實。我女兒就只有膽量不輸任何人，連音量也比別人大上一倍，根本別奢望旁人掩蓋得了。

我忍不住想，大師如此繁忙，怎有那個空閒去矯正音痴學生呢……。

在台上唱得面紅耳赤的就只有我女兒一個人。好不容易捱到唱完，學生們一一走下舞台。

最後大師鞠躬行禮後離去，一年級生的合唱比賽就此落幕。

我這才鬆了一口氣，無後顧之憂地傾聽大師所指揮的合唱演出。

幾天後，女兒從學校拿回了傳單，上頭寫著一個活動。

……貓咪合唱團　演出公告……

原來如此，那位大師率領本地的貓咪組成一個合唱團，紀念性的首場演出將在學校的體育館舉行。

下一秒，我小聲驚呼了一下，感覺有什麼事情串聯起來了。

我總算知道，我家那隻小櫻最近這陣子到底在吵什麼了。

小櫻就是貓咪合唱團的成員，難怪沒日沒夜的在努力練習唱歌！

不過，我馬上就有一種不祥的預感。

小櫻那個奇怪的叫聲……。

難道說，小櫻也跟身為飼主的我一樣，她在貓的世界裡也是個音痴吧。

我愈想，愈覺得是這樣。

腦海裡閃過女兒在合唱比賽上的樣子。該不會在貓咪合唱團的場子上，
又要重演幾天前那樣的難堪吧……。

這下子該想個辦法了！

我連忙上網搜尋：

「貓　發聲訓練」

12
Natsu no hi no Neko

Episode-12

仲夏夜的貓

Matatabi chou wa Nekobiyori

12
Natsu no hi no Neko

當你不經意往沙發下一看，就會看到小春在那裡蜷縮成一團睡得正熟。

當你一打開家門，就會看到候著家人回來的小春到腳邊磨蹭。

這些點點滴滴，直至今日依然不曾磨滅。

半年前，小春結束了她十五年的貓生，離開了我們。

她是一隻活力充沛、又撒嬌黏人的貓。

憶及那天與妻子一同前去帶小春回家，發生的事情仍舊歷歷在目。

我們將小春裝在貓籠裡搭電車回家。不習慣待在貓籠裡移動的小春，不停地喵喵哀叫。我們實在不忍心讓她受苦，便下了電車改搭計程車回家。

計程車的駕駛也很愛貓。同是愛貓人，他便熱情地分享養在事務所裡的貓的趣事給我們聽。

「妳要健健康康地長大喔……」

小春不負駕駛的期望，一天一天成長茁壯。

我與妻子都是養貓新手，總是透過朋友或網路收集各式各樣的知識與情報。

小春不太會吐毛球，我與妻子一開始還很擔心是不是生病了。後來知道有些貓就是這樣，這才放下心中大石。結果買來的貓草套組便一直躺在儲藏櫃的一角，用都沒用過。

小春想要人疼的時候就會喵喵叫，可一旦抱起來卻又逃之夭夭。

小春躺在地上滾來滾去、露出肚子，摸了之後卻毫不留情地咬下去。

明明是一隻貓，卻很喜歡玩水，常常將水碗裡的水潑得整地板都是。

我都不知道自己苦笑了幾百遍了。

但與此同時，我與妻子都愛她愛得無法自拔。

只要跟她說我要睡囉，她就會用跑的跟過來。
只要我在沙發上工作，她就會身體靠著我睡。
整個家空蕩蕩地一整天下來，我一回家，她就會聲嘶力竭地喵喵叫。
小春是我們家的核心。
然而，那樣的日子，都已經是過去式了。
如今我只要一想起小春那風中殘燭的生命末期，還是會胸口一陣酸楚。
她連要去喝個水都很困難，甚至上廁所也必須費盡一番功夫。
她在那邊，會不會還受著苦呀……。
有時候，我不禁會那麼想。
真希望她在那邊，能多少輕鬆快樂一點……。
只要想到她，我總是如此祈禱。

在夏季的某一天，我聽到了不可思議的事情。

那天是小春的月命日[3]，我偕同妻子前往木天蓼墓園。

掃墓完畢，與管理員閒聊時，聽到了這樣的事情。

「對了，你們準備好迎接小春了嗎？」

我們兩人側著頭，露出不解的表情。

管理員說了：「盂蘭盆節快到了不是嗎？貓跟人一樣，都會在盂蘭盆節的時候回家呀。」

「小春她，會回家……？」

「是呀。如果你們還沒準備好的話，那你們先用這個吧。」管理員拿了一

3. 命日即忌日，為每年去世的日子。月命日則為每個月同一日。

支香給我，說：「這支香有添加木天蓼，具有連結彼世與此世的力量。還有就是，如果你們還留著小春生前最喜歡的玩具，也請一併準備好。」

我卻不覺得他在胡言亂語。

反而，自然而然地想照著他說的試試看。

我們向管理員道了謝，然後慎重地收好那支香，離開了墓園。

時光猶如白駒過隙，轉瞬之間便到了這一天。

盂蘭盆節當天夜晚，我對妻子說：「……差不多該準備準備了。」

我們點燃了那支香，拜了一拜，輕輕地將它立在小春遺照旁。

白色的煙霧縈迴繚繞，裊裊而升。

獨特的香氣盈滿室內。

我們向小春的遺照雙手合十。

祭拜完後，暫且默默無言，任憑時光悄悄流逝。

我們之間無須言語，便能互相了解對方的心思。膝下無子的我們，已視小春為親生女兒了。

「……睡吧？」

「……嗯。」

夜深了，我與妻子雙雙就寢。

不知不覺，沉沉睡去……。

半夜聽到了什麼聲響的感覺，於是便醒來了。

是小春又在調皮搗蛋了嗎……。

半睡半醒之間，我習慣性地這麼想。隨後，深沉的寂寞與失落向我襲來。

不對不對，小春已經走了……。

可是，那聲響還是一樣，從客廳傳來。

那到底是什麼聲音呀。在我驚疑之間，身旁的妻子也察覺到異樣而醒來，不安地問那是什麼聲音。

「我去看看。」

「我也去。」

我們踮著腳，打開了通往客廳的門。

就在這個時候。

突然聽到了有什麼東西奔竄而過的聲音。

我與妻子異口同聲：「小春……？」

我們面面相覷。

那與我們記憶中的小春腳步聲一模一樣。

「小春？是妳嗎……？」

一片漆黑，毫無任何回應。

然而，我們深信不疑。

「是吧。」

「嗯。」

小春她，一定在那裡。

她回家來了……。

我們摸黑坐到沙發上。

一點都不恐怖，一點都不可怕。我們也無意打開電燈。

過不久，響起了鈴鐺球滾動的聲音。那是我們為了這一天特別拿出來的，小春最喜歡的玩具。

聽著這個聲音，我不由得欣喜起來。

小春再也玩不了鈴鐺球的事，那都是過去式了。

我聽到她在啃咬桌上的書。還聽到她在抓沙發。

然後我忍不住說：「她果然又要……」

我聽到的是水碗裡的水潑灑出去的聲音。沒多久，又聽到跑來跑去的聲音。

「等等又得擦地板了啊……」

「一定整個地板都是水呢……」

我與妻子輕輕地笑出聲來了。

直到窗外天明，我們都與小春共處美好時光。

等到聲響不再響起、感覺不到小春存在了之後，我說：「小春回去了。」

「是呀。」

「睡覺吧。」

「嗯。」

朦朧晨曦之中，看見了室內一片狼藉。

不禁苦笑，卻又寬慰。

妳過得很好，那就太好了……。

這時候，妻子說了：「嗚哇，你看，變成這樣了。」

「嗯？」

我回頭，看見妻子傻眼的樣子。

「你看，不是只有地板。」

順著她手指所向，我忍不住笑了。

「唉呀，看來她精力旺盛，破壞力加倍呀……」

這會兒的小春擺脫了重力的束縛，自由自在、無拘無束地任意奔馳。
她溼答答的腳跑來跑去，留下了遍及四面牆壁與天花板的足跡。

13 Neko no Radio

Episode-13

貓廣播

Matatabi chou wa Nekobiyori

13 Neko no Radio

好端端地躺在沙發上看漫畫，忽然聽到有人在說話的聲音。

我環顧四周，卻毫無所獲。我一個人住，家裡除了我之外只有我的愛貓虎太郎，實在想不到那聲音是從哪裡傳出來的。

我側耳傾聽，試圖尋找聲音的出處。

找了一會兒，我發現了一件事。

那聲音，似乎是從完全放鬆沉睡著的虎太郎那邊傳出來的。

我走向虎太郎，將自己的耳朵貼在他的肚子上。我驚訝地發現，果真傳出了有人在說話的聲音。

虎太郎的肚子不停地傳出人語聲，害我非常擔心，於是我立即帶虎太郎上附近的貓咪專科……木天蓼獸醫院求診。

「醫師啊，我家的貓怪怪的！」當聽到喚我進入診間，我劈頭就向老獸醫如此表示，「你聽，他肚子有聲音對不對？該不會是他不小心誤吞了什麼會發出聲音的機器呀！」

「好好好，你先冷靜一下。我看看啊……」

醫師說著，便將聽診器貼到虎太郎的肚子上。然後他一下子「喔喔」、一下子「原來如此」地自言自語著，自顧自地專心聽診。

接著才說：

「嗯，這是因為收聽廣播的關係。」

「收聽廣播！」他到底是怎麼能吞下收音機那種東西的啊。我提高了音量：「這樣的話，得開刀囉？」

面對驚慌失措的我，醫師從容地微笑道：「不用開刀。放著別管它，自己就會好了。」

「可是，他肚子裡有收音機耶！」

「唉呀，不是啦，不是你想的那樣。」醫師處變不驚地接著說道：「不是因為虎太郎肚子裡有一台收音機，而是他接收到了無線電訊號，才變得像收音機一樣能收聽廣播。」

「接收訊號……？」

「是呀，偶爾會有這種狀況的。」

然後老醫師娓娓道來。

「你應該知道貓咪的鬍鬚是很靈敏的吧。它能感應四周的障礙物、幫助貓咪閃躲，還能感應獵物的動靜。這麼靈敏的鬍鬚，有時候會接收到無線電訊號。雖然箇中機制尚未完全明朗，但的確是有案例顯示鬍鬚取代了天線的功能，捕捉到大氣中的訊號。

於是接收到的訊號在貓咪肚子裡轉換為聲音，讓外界也都聽得到。這就是為什麼你會聽到聲音的原因。

另外一個說法是，貓咪自己想聽才去接收這些訊號。訊號在貓咪的肚子裡轉換為聲音，貓咪再用自己的耳朵去聽廣播的內容。

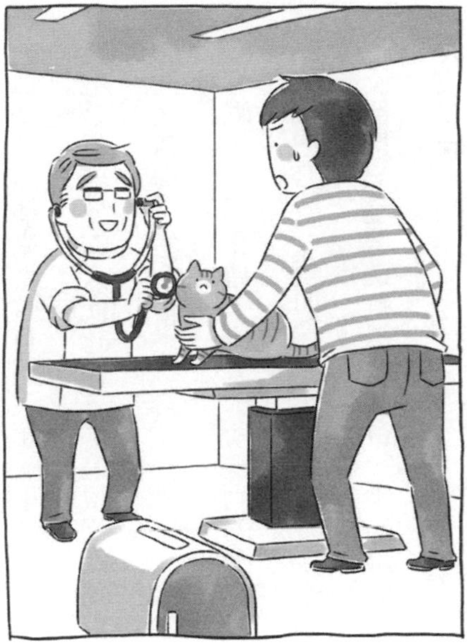

乍聽之下這也太匪夷所思，不過，畢竟貓咪是很聰明的嘛。可不能等閒視之啊。

甚至還有人認為貓

咪是透過聽廣播來學習有關人類的事情。有時候你會覺得貓咪似乎聽得懂人話對吧？這部分的人便認為，那追根究柢就是貓咪透過自行收聽廣播來學習人類的語言而得來的結果。

好啦，言歸正傳，虎太郎所聽到的跟你我所聽到的廣播沒有什麼不同，這點請你放心。一般而言，哪天貓咪聽膩了，就會自然而然不去接收訊號了。反倒是，趁著這難得的機會，不妨跟虎太郎一起享受聽廣播的樂趣，你覺得呢？」

醫師如此說著，將聽診器交給我。

我接過聽診器，戴上耳管，然後將聽頭貼到虎太郎的肚子上。

那瞬間，我聽到了清楚的聲音。

……好的，接下來為您播放這首歌曲。

主持人播放的是一首紅遍了大街小巷的音樂。音樂結束後，又響起了主持人的聲音，看來是音樂節目。

我望向老醫師，他對我投以微笑，顯露出「你看吧？」的表情。

「有些貓在聽的廣播電台會換來換去的樣子。不管怎麼說，會怎麼換、想怎麼換，那都是虎太郎自己才知道。總之，你就放心聽吧。」

從那天起，我就會去聽虎太郎肚子傳出來的廣播。有時候抱著他，有時候則是躺在他身邊。

之前虎太郎常常表現出討厭我靠近的樣子，但不曉得為什麼，只要是聽廣播的話，他就不會抗拒，很大方地讓我一起聽。

訊號良好的時候，只要將耳朵緊貼虎太郎的肚子，就能聽得很清楚。訊號不良的時候，我就會用網購買來的聽診器貼到虎太郎的肚子上，享受清晰的聲音品質。

某天早上，我還睡著，虎太郎靠近我的耳邊，然後我便聽到耳熟的旋律。原來那是虎太郎在接收廣播體操的訊號。虎太郎配合著旋律在我枕邊動來動去，彷彿在認真做著貓咪的廣播體操。

還有一次，虎太郎轉到了爵士樂節目。我一面沉醉在沙啞的薩克斯風音色裡，一面和虎太郎一起隨著打擊樂器的節奏搖擺。其實我心裡暗自竊喜，

身為我所養的貓，居然還有這麼有品味的興趣。

另外一次是跟虎太郎一起聽棒球實況廣播。貌似有一方是虎太郎支持的隊伍，只要那一隊得分了，虎太郎就會爽快地抽吸鼻子。但當支持的隊伍的打者三振了，虎太郎就會「喵……！」地大吼大叫，用力地拍打地板。有時候投手會在一開局就大量失分，每當這種情況發生，虎太郎就會突然關掉收音機，好像心情很差似地撇頭就走。

就這樣，我每天都跟虎太郎一起收聽廣播。直到有一天，我發現了一件事。

最近時不時地聽到廣播中夾帶著貓零嘴的廣告。而且奇妙的是，會在我不知不覺間轉到各個地方的廣播頻率。

我開始懷疑，便特別注意虎太郎播放出來的廣播節目。

果然，如我所料。

廣播節目常常會在不自然的時間點切換到別的頻率。

我左思右想，最後得出來的結論是這樣的。

虎太郎可能是刻意切換這些廣播節目的。說得更貼切一點，他似乎是透過某種方法從全日本各地的廣播節目中挑出合自己意的節目，然後刻意讓我聽……？

尤其是這個星期以來，我不斷地聽到新上市貓零嘴的廣告。

每次播到那支廣告時，虎太郎總是會喉嚨呼嚕呼嚕，開始發出撒嬌的聲音。

14 Mochineko

Episode-14

麻糬貓

Matatabi chou wa Nekobiyori

14 Mochineko

過完年的某個假日，我碰巧經過附近的木天蓼神社時，注意到神社緣側有個白色的物體。它圓圓的、表面平滑，遠看像個巨大的麻糬。

我走近看個仔細，這才驚呼一聲。那白色物體有頭有臉、有手有腳，甚至還有條尾巴。

是貓咪！貓咪在睡覺！

但我又側頭狐疑，以貓來說，它也太平滑沒有曲線了吧。

這時候，有人從我背後出聲：「唉呀，你好。」

我回過頭，原來是神社的神主。

「不對，應該要說恭賀新禧呢。」

「啊，恭賀新禧。」我也回以新年祝詞，然後才向神主詢問：「請問神主，在那邊睡著的是什麼呢？」

「啊，那是麻糬貓的麻糬。」

「麻糬貓？麻糬？」

「沒錯，從麻糬誕生出來的貓咪，所以是麻糬貓。不過，這是我自己在這樣稱呼的啦。」神主笑咪咪地繼續說：「我們這間神社，都會在年底的時候舉辦搗麻糬大會不是嗎？那時候我就用剩下的麻糬捏了一隻貓，就只是好玩而已。我將麻糬貓放在倉庫裡讓它乾燥，然後就聽到從倉庫傳出窸窸窣窣的聲音。我想說是什麼聲音，便過去一看，就發現了這隻麻糬貓。」

「是喔……」這隻麻糬貓還真神奇。

神主對我說：「要不要摸摸看？」

「咦！可以嗎？」

「當然囉。」

「那我就……」

我走到那隻麻糬貓旁邊。

近距離一看，麻糬貓的身體沒有毛，表皮滑溜溜的。我用食指戳了戳麻糬貓的身體看看。

「哇，它軟軟的！」

我的手指一離開，剛剛戳的地方就回復原狀了。

這時候，麻糬貓的嘴巴緩緩蠕動了一下，張開了眼睛。然後它站了起來，伸個懶腰拉個背，打了一個大哈欠。

「麻糬。」

我喚了喚它的名字，然後它發出低沉的一聲「喵」，將軟綿綿的身體靠過來。

「呵呵，看來它接納你了呢。」神主笑著說：「你以後多來陪陪它吧？」

我用力點頭。

自那天起，我就常去神社玩。麻糬貓通常都在神社境內某個地方睡覺，稍微找一下就可以找到它。

「麻糬，過來。」

只要喚它，麻糬貓就會慢慢走過來，然後趴在我身邊，像麻糬一般攤開。我只要看著這幅情景，就覺得心情豁然開朗。

有一次，神主問我：「要不要餵它？」

好是好啦，但是我問：「麻糬貓都吃什麼呢？」

「它吃這個。」

神主從袖子取出一個小包裝袋，然後撕開包裝。我看清楚是什麼東西後，驚呼：「是霰餅！」

「沒錯，我試過很多種，最後發現這是麻糬貓最喜歡吃的。」

我用手盛著霰餅，往麻糬貓那邊伸長了手。麻糬貓慢吞吞地走過來，湊上它的鼻子嗅了嗅。然後發出喀哩喀哩的聲音開始吃，不一會兒就吃完了，還不停地舔著我的手，意猶未盡。

「吃太多會胖的喔。」

等麻糬貓明白再也沒得吃了，就會倒在地上耍賴。

有一天，我去神社，看見神主一邊摸著貓一邊不曉得在做什麼。

有那麼一秒鐘，我以為神主在給麻糬貓梳毛。不過我想起來，麻糬貓沒有毛。

「請問您在做什麼呢？」

「啊啊，這個啊？我在照顧它呀。」

我一看，神主的雙手都抹上一片白。

「沒好好照顧它的話，它的身體就會變得黏黏的。所以呢，偶爾要像這樣，給它抹上片栗粉。」

這麼說來，我想起來了，每次來摸摸麻糬貓之後，我的手上都沾滿了白色的粉末。之前沒怎麼放在心上，不過現在了解了那原來是片栗粉。

「這樣就可以了。」

神主拍了拍麻糬貓，白色的粉末隨之四處噴散。

冬去春來，又迎向了夏季。

某個酷熱的日子，我隔了很久才去神社玩。這次竟然發現麻糬貓平躺在太陽直射的岩石上。

光是靜止不動就很熱了，究竟為何特意要躺在那麼燙的地方……。

我百思不解地靠上前去，竟驚見怪異的景象。麻糬貓的身體膨脹得不像話。

「神主！不好了！麻糬它出事了！」

我驚慌地大喊。

等到神主急忙趕至，麻糬貓的身體還是在不斷膨脹。

「麻糬！」

神主對焦急的我笑了笑，說：「哈哈，我還以為出了什麼事，嚇了我一大跳呢。沒事的，你就看著，沒問題的。」

「咦？可是！」

「沒事啦。」

我憂心忡忡地守望著麻糬貓。

在強烈的日曬之下，麻糬貓的身體不斷地逐漸膨脹，最後終於膨脹得像氣球一樣鼓得

不能再鼓。就在此時。

我聽到了噗咻的聲音，來自麻糬貓身上的一個洞。只見麻糬貓的體積又縮小了，漸漸回復成原來的大小。

麻糬貓像什麼也沒發生過似的，打了個呵欠。

「我第一次見到的時候啊，也很焦急。不過，看來它是喜歡這樣子的呢。」

「剛剛那是怎麼回事呀……？」

「烤麻糬的時候，麻糬不是會膨脹嗎？麻糬貓好像也會因為受熱而膨脹。」

神主說，很好玩吧。

整個夏天，麻糬貓都在玩那個神奇的把戲，不過等秋天到了，就不怎麼玩了，我們的生活也回歸正常。

麻糬貓有時候會爬上樹，舒服地在上面睡覺。時間一久，它的身體就會下垂，這下子它就得暫時維持這種拉長的姿勢了。

有時候會看到麻糬的身體起起伏伏像波浪一樣。正想著怎麼回事，便看到賽錢箱上沾著白色的粉末，這下我懂了，看來是在這兒睡過啊。

就在這種風和日麗的日子，我跟神主詢問了有關搗麻糬大會的事情。

「今年過得可真快啊，都快年底了。差不多該準備糯米了。」

這時候，我想到了一個好主意。

「對了，神主！」我不自覺地提高了音量。「今年也來捏隻麻糬貓嘛！」

「什麼？」

「我們來給麻糬捏個兄弟姊妹！」我繼續說：「有伴可以一起玩，這樣麻糬一定會很開心吧？照顧的話，我也會來幫忙！拜託捏隻麻糬貓！」

神主一口答應：

「好，我知道了。那我就來捏吧。」

「好耶！」

就這樣，搗麻糬大會的日子到了。我跟著參加大會的群眾，以杵、臼一下一下地搗麻糬。將搗好的麻糬盛到碗裡，淋上醬油或灑上黃豆粉食用。

吃飽了之後，我跟神主一起用麻糬捏貓貓。

「這樣捏好不好呢……？」

「嗯，我覺得捏得還不錯唷。照去年的經驗來看，過完年它應該就會動起來了。」

我滿心雀躍地回到家，與家人過年。

下次再到木天蓼神社，已經是過完年後的正月之間了。

許多人都來神社參拜，我則靜靜等待神主出來。剛過正午時分，我堵到了神主。

「神主！新年快樂！」問候有點到就好，我緊接著湊過去問：「新的那隻麻糬貓呢？」

「呵呵，如我所料地誕生了喔。我剛剛還在神社後面看到它跟麻糬待在一塊兒，真沒想到馬上就變成好朋友了呢。」

「我想去看看！」

我用跑的來到神社後方。

看到兩隻麻糬貓攤平在緣側睡覺。

真的跟神主說的一樣耶。新的麻糬貓，比先來的麻糬還小一圈，趴在麻糬背上，雙雙入睡。

「你看吧？感情很好，對吧？」跟上來的神主說，「而且啊，這模樣很討吉利，站在神社的立場，真的很高興有它們在呢。」

「討吉利……？」

我還不明白什麼意思，神主已經從衣袖中抽出了一顆橘子，疊在大小麻糬身上。

「你看。」神主露出微笑說：「這樣一來，鏡餅貓就完成了。」

15 Sukima no Neko

Episode-15

穿梭裂縫的貓

Matatabi chou wa Nekobiyori

15 Sukima no Neko

遭受失戀的打擊而失魂落魄，幸好有位好姊妹來找我談心。

「聽說有間診所還不錯，妳要不要去看看？」

我問她：「是像身心科那種的？」

「也不是耶，跟那不太一樣。聽說是跟貓咪互動的地方。」

「貓……？」

聽到這裡，我腦海裡響起了動物支持療法這個詞。那是一種透過與動物的互動來處理身心問題的療法。

我跟那位姊妹問問是不是那類的診所，但她卻搖頭否認：「跟那種也不太一樣。畢竟我也是聽人家說的，所以我不能不負責任地亂說……」

不過，她話鋒一轉。

「我覺得一定會往好的方向走的。」

我思考了一下。

失戀造成的失魂落魄，一定會隨著時間而慢慢痊癒的。只是，目前這個當下，我就是如此一點一點地失落、一點一點地心碎，無計可施啊……。

「謝謝妳。那，我找個時間去看看好了……」

於是，我便向姊妹問了診所的名稱與地址。

幾天後，我便站在一棟掛著木天蓼診所招牌的建築物前。

穿過診所的正門，櫃台人員出聲招呼我。

過沒多久便輪到我，於是我被帶進一個房間。

一踏入這個房間，真讓我驚訝萬分。

我的確聽姊妹說過是跟貓互動。

不過，這個房間不僅寬敞，還設計了貓跳台與各種貓玩具，而且有許多貓，真是超乎我的想像。

「請隨意坐。」身著白袍的女醫師出現了，親切地對我說。

附近有好幾個立方體造型的椅子，我選了其中一個坐了下來，醫師也隨著坐了。

「妳喜歡貓嗎？」

已經開始問診了嗎……？

我心裡如此疑惑著，對醫師點頭承認：「我很喜歡貓。以前跟父母住的時候，家裡也養過貓……」

「是這樣呀。」醫師溫柔地微笑問道：「您府上以前飼養什麼樣的貓呢？」

「這個嘛……」在醫師的循循善誘之下，我開始聊起了貓。

醫師一邊時不時地給我回應，一邊傾聽我所說的話。

「那隻貓的名字是？」

「是怎麼樣的機緣才開始養的呢？」

「貓的個性是怎麼樣的呢？」

對於醫師的每個問題，我都經過一番回想，逐一應答。

在我與醫師交談期間，房間裡的貓咪們一隻又一隻地過來，又毫無任何接觸地離去。

問完我的情況之後，換醫師聊起自己的事情。

「其實呢，我家也有養貓啦……」

我漸漸耐不住性子了。

要什麼時候才會進入正題啊……？

連來診所求診的原因理由都還沒講到，這間診所到底行不行啊……？

就在這個時候。

有一隻貓來到我身旁，輕巧一躍跳到我的腿上。

醫師見狀，立刻中斷了自己的話，接著說：「看來，風鈴願意接手呢。」

「風鈴？」

「就是這隻貓的名字。」

「是喔……」

名喚風鈴的這隻貓，在我腿上呼嚕呼嚕地發出撒嬌的聲音。

這是表示我有幸受到這隻貓的青睞嗎……？

即使如此，這跟治療又有什麼關係……？

我滿腹的疑惑，就在下個瞬間。

風鈴的兩隻前腳搭上了我的胸口。

接著，我簡直要懷疑自己親眼所見。

居然有這種事，風鈴的手咻咻地漸漸吸入我的身體裡了。

不只如此，從手開始，風鈴的頭臉、身體乃至後腳、尾巴，都消失到我的身體裡，最後完全不見蹤影。

「醫、醫師！」

我慌張地尋求協助。

「消失了！風鈴不見了！跑到我的身體裡了！」

然而，醫師的笑容依然毫無鬆動，穩如泰山。

「請放心，沒事的。倒是，您胸口附近感覺如何呢？」

「什麼？」

「風鈴跑進去的那附近。」

聽醫師這麼說，我便往自己的胸口集中注意力。

這才發現到我的胸口竟由內而外地暖和起來。

「好溫暖……」我自然而然地摀著胸口。

簡直就像生物的……沒錯，那感覺就像風鈴那樣毛茸茸又暖呼呼的貓，直接從身體裡溫暖著我。

念及此處，赫然想起。

風鈴方才剛鑽進我體內的那幅景象。

也就是說，現在風鈴就在我的身體裡嗎……？

「那就好。那麼，我帶您去隔壁房間。」

醫師飛快地起身，邁開步伐。

「請、請等等！」

我慌忙站起來，隨著醫師離開這寬敞的房間。

我被帶到一個獨立房間，一坐下我就迫不及待地問醫師：「那個，醫師，這究竟怎麼回事……」

「我來為您說明吧。」醫師維持著一貫的笑容，說道：「風鈴她鑽進裂縫了。」

「裂縫……？」

「是的。貓咪本身就是喜歡往裂縫鑽的生物，本診所的貓咪也不例外。不過，我們這裡的貓能鑽的裂縫，可不只是單純的裂縫。他們擁有鑽進人心裂縫的能力。」

醫師繼續說明。

「一般來說，人的心裡是不會有裂縫的。只要沒發生什麼大事，基本上都是圓滿的狀態。然而，一旦經歷了重大的失落，或與重要的人生離死別，內心就會生成裂縫。

　　這些裂縫，大多數都能自然癒合。但有些則需要耗費過多時間以致本人難以承受，嚴重的話甚至會擴大。而本診所的方針，就是借助貓咪的力量來為這些人提供協助。」

　　然而，醫師繼續說明但書。

「貓咪跟裂縫之間也有所謂適配性的問題，並非任何人、任何裂縫都來者不拒的。所以為了適配性的考量，我們才會像剛剛那樣，需要花點時間與貓咪相處。

　　過了一段時間之後，風鈴會自己出來。在那之前，請您耐心與她共處。這段時間內，您應該會感到內心的裂縫被填滿了，那麼今天的治療便可告一段落。不過，今天被填滿的裂縫，會隨著時間經過又慢慢裂開，所以建議您之後再多回診幾次，直到完全痊癒為止。」

我真真切切地感受著胸口的那股溫暖，向醫師詢問：「……您不問問我的心之所以生成裂縫的原因嗎？」

「如果有必要的話，有時候我會問。畢竟貓不是萬能，當沒有任何一隻貓咪與求診者適配，或求診者的內心裂縫過於巨大而使貓咪無法處理時，我便會摸索其他的治療方法。但是我想今天沒有問這個問題的必要。最重要的是，風鈴已經確實感知到您內心裂縫的生成原因了。」

奇妙的是，我欣然接受醫師這樣的說詞。貓咪擁有神祕的第六感，若無其事、不著痕跡，卻又總能恰到好處地切中關鍵……。

我發現，在這麼短暫的時間內，我對風鈴開始產生一股疼愛的情感。當然有一部分原因是我本來就很愛貓。不過，風鈴接納了我、陪伴著我受傷的心，這件事實讓我更加覺得風鈴跟我很親。

三十分鐘後，我覺得胸口附近有什麼東西在扭動。緊接著，風鈴從我的胸口跳了出來，坐在我的腿上。

我摸了摸風鈴，跟她說聲謝謝，這才發現一個異狀。

「奇怪？好像沾著什麼東西……」

風鈴的身上，沾著一些灰色粉狀物。

「那是粉塵。」

「粉塵！」

「就是您在失魂落魄時，堆積在內心裂縫裡的。」

我有些錯愕，不過醫師安慰我，沒事的。

「隨著您每次來診，那些粉塵會慢慢清乾淨的。」

於是，我向醫師、風鈴道別，離開了診所。

真多虧了風鈴的幫助，我的心在那天以後都是圓滿的，得以正向樂觀地過生活。

然而，過了一星期左右後，又開始感受到之前的那種失落，於是我再度前往木天蓼診所。

這次回診，便省略了初診時先去的那個寬敞房間，直接帶我到獨立房間。稍微等了一下之後，醫師抱著風鈴來了。

「風鈴，過來。」

在風鈴鑽進內心裂縫這段期間，我與醫師輕鬆地聊些日常瑣碎，也聊些私人的事情。自然而然地帶到失戀這個話題，也算有助於讓我的內心圓滿。

閒聊之間，我問醫師：「請問，來此求診的都是些怎麼樣的患者呢？」

我隨後附加了一句，當然是在醫師能透露的範圍內即可。

「這邊的患者有各種問題，不過最多的還是遭受重大失落的人了。也有許多患者懷抱著濃濃的鄉愁。另外是達成了某些成就的人吧。」

「達成了某些成就？聽起來那完全不會生成內心的裂縫耶……」

「也不是這樣的。人一旦達成了某些成就，就會突然變得空虛茫然的喔。」

「原來是這樣呀……」

貓咪們救助著各式各樣的人呢。

我大受感動，不由得對貓咪抱以敬意。

每當與醫師的談話暫歇，我就會試著集中注意力去感知風鈴所在。如此一來，我便感覺自己的心跳與風鈴合而為一，內心更為溫暖。風鈴終於走出了我的內心裂縫，而我的內心也隨之圓滿。又能正向樂觀地面對明天了。

我帶著這樣的心境，踏上回家的路。

我一點一滴地慢慢變好。從回診到想起失戀而傷心難過的間隔，也拉得愈來愈長。

然而，我的心思開始矛盾。

等我完全痊癒了，就再也見不到風鈴了吧……。

一想到這裡，我就覺得好孤單。我這才發覺，自己總是心心念念著風鈴。

於是在某次回診，我鼓起勇氣向醫師提出我的想法。

「……那個，不曉得能不能讓我接風鈴同住呢？」我繼續說：「我也很清楚這要求太過強人所難，但是……」

但是，風鈴對我來說已經是如此舉足輕重的了。這絕非一時興起而已。我認真地想跟風鈴一起生活……。

「……我知道了。」

聽完我的請求，醫師說道：「既然如此，還懇請您給風鈴一個家。」

「咦？」我真懷疑自己是不是聽錯了。「真的

手打ち うどん
マタタビ 郵便局
マタタビ座
チケット売場

ダンスホール
MATATABI SHOPPING STREET
マタタビ商店街
又旅書店
フラワーマタタビ
花
うおー

PL00086

木天蓼鎮的貓日和

作　　者—田丸雅智
譯　　者—黃毓婷
編　　輯—黃煜智
校　　對—魏秋綢
企　　劃—吳儒芳
封面設計—蔡南昇
封面與內文插畫—Toru_Nakagame (Be. To Bears)
內頁排版—綠貝殼資訊有限公司

總 編 輯—胡金倫
董 事 長—趙政岷
出 版 者—時報文化出版企業股份有限公司
108019台北市和平西路三段二四〇號七樓
發行專線—（〇二）二三〇六六八四二
讀者服務專線—〇八〇〇二三一七〇五
（〇二）二三〇四七一〇三
讀者服務傳真—（〇二）二三〇四六八五八
郵撥—一九三四四七二四時報文化出版公司
信箱—一〇八九九台北華江橋郵局第九九信箱
時報悅讀網—http://www.readingtimes.com.tw
思潮線臉書—https://www.facebook.com/trendage
法律顧問—理律法律事務所　陳長文律師、李念祖律師
印　　刷—紘億印刷有限公司
初版一刷—二〇二一年十月八日
初版二刷—二〇二一年十二月十六日
定　　價—新台幣三五〇元
（缺頁或破損的書，請寄回更換）

時報文化出版公司成立於一九七五年，
並於一九九九年股票上櫃公開發行，於二〇〇八年脫離中時集團非屬旺中，
以「尊重智慧與創意的文化事業」為信念。

木天蓼鎮的貓日和／田丸雅智著；黃毓婷譯．-- 初版．
-- 臺北市：時報文化，2021.10
232 面；13×19 公分
譯自：マタタビ町は猫びより

ISBN 978-957-13-9273-8（平裝）

861.57　　110012098

ISBN 978-957-13-9273-8
Printed in Taiwan